Johann König ist notorisch gelangweilt – und liebt es! Denn er weiß wie kein anderer, wie man »tote« Zeit positiv nutzt. Egal, ob man stundenlang nutzlos im Stau, verzweifelt auf den Zug oder ungeduldig an der Supermarktkasse wartet: Johann kennt das gutgehütete Geheimnis, das sich hinter der Langeweile verbirgt. Mit klugen Gedanken, bizarren Gedichten und skurrilen Fotos lüftet er es und nimmt den Leser mit auf seinen »Königsweg«. Er beweist einmal mehr, dass mehr »freie Zeit« im Alltag steckt, als man denkt – man muss nur wissen, wo.

Die wunderbarste Art, Zeit sinnvoll zu vergeuden – ein herrlich kluges, manchmal böses und immer witziges Buch!

Johann König ist der Dichter und Denker unter den TV-Komikern! Der mehrfach ausgezeichnete Humorist (u. a. Deutscher Comedy-preis, Bayerischer Kabarettpreis, Publikumspreis »Die Wühlmäuse«) spielt sich seit Jahren in die Herzen seiner immer größer werden-den Fangemeinde. Neben seinen Live-Auftritten ist er häufig Gast in TV-Sendungen wie TV Total, Quatsch Comedy Club, Zimmer Frei! oder bei Harald Schmidt.

Unsere Adresse im Internet: www.fischerverlage.de

Johann König

Der Königsweg

Triumph der Langeweile

Fischer Taschenbuch Verlag

Originalausgabe

Veröffentlicht im Fischer Taschenbuch Verlag,
einem Unternehmen der S. Fischer Verlag GmbH,
Frankfurt am Main, März 2010

© S. Fischer Verlag GmbH, Frankfurt am Main 2009
Autor: Johann König (www.johannkoenig.com)
Kontakt: www.hpr.de
Illustration Blinde Taube: Sozialpalast
Satz: Pinkuin Satz und Datentechnik, Berlin
Druck und Bindung: Himmer AG, Augsburg
Printed in Germany
ISBN 978-3-596-18544-3

Inhalt

Vorwort

Liebe Leserin, lieber Leser, liebe Am-liebsten-nur-die-Bilder-Gucker-aber-doch-mal-kurz-ins-Vorwort-Schauer!

Es gilt gemeinhin als Kompliment, über ein Programm zu sagen, es sei sehr kurzweilig gewesen. Gar nicht schmeichelhaft ist dagegen die Feststellung, der Abend hätte einige Längen gehabt. Dabei wird die Möglichkeit außer Acht gelassen, Längen zu genießen und zur Entspannung zu nutzen. Gedanken schweifen zu lassen oder gar gänzlich geistig abzuschweifen.

Auch bei einem Buch ist das möglich: Den Zustand, dass man etwas liest, mit den Gedanken aber längst ganz woanders ist, kennt wohl ein jeder, der des Lesens mächtig und des Abschweifens fähig ist.

Und kann es nicht sogar ein Kompliment für den Text sein, wenn man ihn nach kurzer Zeit verlässt und komplett abdriftet in eine eigene Welt, die nicht mehr die des Autors ist?

Ein kräftiges »Aber selbstverständlich« möchte ich dieser Frage zurufen, ihr ein schwungvolles »Ja, sicher« vor den Latz knallen oder – je nach Laune – sie sogar mit einem beleidigten »Natürlich« auf ihre Naivität aufmerksam machen.

Wenn der Text dazu animiert, über schöne Sachen nachzudenken, wenn er es geschafft hat, die eigene Assoziationsmaschine anzuwerfen, die einen hinausträgt in ferne Weiten und weite Fernen, dann … Habe gerade der Versuchung widerstanden, einen Smiley einzufügen, der meine ironische Distanz oder besser noch Abscheu vor der eben verwendeten doppelt-gecrossten Worthülse zum Ausdruck bringt. Und zwar so einen »;-)«. Warum hat es den Erfinder dieser grausigen Smileys und seine Nachmacher eigentlich nie gestört, dass die Dinger auf der Seite liegen? Das verstehe ich nicht. Der Siegeszug dieser Grinse-Monster-Gesichter bleibt mir ein Rätsel. Was ist denn das für ein Humor, bei dem nicht die feine ironische Spitze das Hirn kitzelt, sondern permanent die grinsende Ironiekeule jeden Denkbeginn, jedes noch so zarte kognitive Pflänzchen im Ansatz plattdrischt, wenn nicht keiner?

Natürlich könnte man behaupten, die massenhafte Wiederkehr des Semikolons sei im Grunde ein gutes Zeichen. Nämlich ein Zeichen für den selbstbewussten Umgang mit nie verstandenen Satzzeichen. Aber ganz im Ernst: Hätte das so gut wie ausgestorbene Semikolon seinem inflationären Gebrauch zugestimmt, wenn es gewusst hätte, für was es da missbraucht wird?

Schade, dass man hier im Buch keine animiert-blinkenden Kreis-Fressen einbauen kann, die in den Internet-Foren der Welt für so viel Stimmung und gute Laune sorgen. Ein Wahnsinn, diese Foren. »Wer jeden Satz mit einem Smiley kommentiert, muss denken, dass er mit Bekloppten kommuniziert«, fällt mir gerade aus dem Handgelenk.

Gestern bin ich, weil ich eine ausgestopfte Möwe suchte, zufällig in ein Vögelforum geraten. Dort schreiben Menschen jeden Tag hinein, welche Vögel sie auf ihrem Spaziergang wo und in welcher Zahl erspäht haben. Da heißt es dann beispielsweise: »Hallo Leute! Gestern am Decksteiner Weiher drei Graugänse, einen Graureiher und sieben Schwäne gesichtet. Gegen 10 Uhr 30. Gruß, Walter.«

Das ist sehr lustig. Zumindest die ersten drei Einträge lang. Dann wird's langweilig.

Aber nicht schlimm. Mir ist gerne langweilig. Da passiert immer etwas. Auch dieses Buch entstand aus reiner Langeweile. Die Kunst dabei ist, die lange Weile, in der nichts zu passieren scheint, anzunehmen und auszuhalten. Wenn man spürt, wie sie sich langsam aufstaut, wie sie den Körper einnimmt und in unsinnige Aktivitäten führen will, dann kann es sich lohnen, einfach zu bleiben und ihre wachsende Ungeduld selbstbewusst zur Kenntnis zu nehmen. Aus langjähriger Erfahrung weiß ich, dass sich dabei mit der Zeit ein kreatives Potential aufbauen kann, das sich plötzlich –

oder noch krasser –, urplötzlich in einem Geistesblitz entlädt. Und dann sitzt man da und denkt: Ja, das hat sich gelohnt.[1]

Dieses Buch nun enthält zahlreiche bühnenerprobte Texte, Reime und Gedanken, die alle aus Langeweile entstanden sind und den Leser vor derselben bewahren sollen. Und damit es noch dicker wird, habe ich es gestreckt: Mit vielen bisher unveröffentlichten Geschichten, nigelnagelneuen Gedichten und natürlich mit einer ordentlichen Prise Humor.

Ich bitte dich, bleib hier, verweile,
du wunderschöne Langeweile.

In diesem Sinne: Viel Spaß!
Euer Johann

---

[1] *Selbstverständlich muss das nicht so kommen. Es kann auch langweilig bleiben.*

1. Kapitel

Wie man sich selbst mit einer gelungenen Mischung aus Vergesslichkeit und Trägheit das Leben retten kann und warum am Ende die Katze alles abbekommt

Sehr vergesslichen Lebewesen ist weniger langweilig als denen, die alles behalten. Der Goldfisch zum Beispiel entdeckt alle drei Sekunden sein kleines, rundes Glas aufs Neue und lebt so in einer ständigen Endlosschleife, bestehend aus gucken, staunen und überlegen, was er nach der Runde machen könnte.[2] Meine Oma vergaß weniger schnell, wusste aber irgendwann nicht mehr, ob ich nun ich oder mein Bruder Horst bin. Ich selbst sehe mich irgendwo zwischen der Oma und dem Goldfisch. Natürlich weiß ich, wie meine Freundin und mein Sohn heißen, aber bei allen weiteren, speziell außerfamiliären Menschen ist eine permanente namentliche Neuvorstellung von Nöten. Und das ist ein Grund dafür, dass ich mich seltener langweile, da mir viele Personen und Geschichten das erste Mal zu begegnen scheinen. Es ist sogar schon einmal vorgekommen, dass ich ein Gedicht fast genauso geschrieben habe, wie es bereits zwei Jahre zuvor aus meiner Feder geflossen war. Da war die Enttäuschung natürlich groß, als ich gesagt bekam: »Hab ich schon mal gehört.« – »Von wem?« – »Von dir!«

---

[2] *Die Tatsache, dass Goldfische ein extrem kurzes Gedächtnis haben, ist mittlerweile zweifelsfrei wissenschaftlich widerlegt. Diese Mär dient allein gewissenlosen Goldfischhaltern als Rechtfertigung für die nicht artgerechte Unterbringung der orangenen Tiere in kleinen Aquarien oder runden Gläsern. Des Weiteren können Goldfische weder staunen noch überlegen.*

Der Dialog mit mir selbst

Manchmal stehe ich morgens total fertig im Badezimmer, gucke in den Spiegel und frage mich, was ich wohl gerade denke.

Und ich habe mich das neulich dann auch wirklich mal gefragt: »Ey, was denkst du gerade?«

Hab ich geantwortet: »Das willst du nicht wissen.«

Und dann meinte ich: »Doch!«

Und ich wieder: »Ne!«

»Okay, anders«, hab ich gesagt: »An wen denkst du gerade?«

»Die kennst du nicht.«

»Wieso?«

»Da warst du besoffen.«

»Ach, und du nicht, oder was? Wie soll das denn gehen?«

»Das verstehst du nicht.«

»Aha.«

»Mein Gott, siehst du so scheiße aus.«

»Guck dich mal an.«

»Diese Augenringe. Diese Pickel.«

»Weißte, was ich überhaupt nicht leiden kann an dir? Wenn du abends mit der Zahnseide die Essensreste des Tages an den Spiegel flitschst.«

»Flitschst?«

»Ja, flitschst. Ekelhaft. Das gibt Flecken, die sehen aus wie Eiterpickelspritzer. Und dann guckst du dir die an und denkst noch: *Die müsste man eigentlich jetzt sofort wegmachen, bevor sie hart werden*. Und während du das denkst, bauen sich in dir Lethargie und Phlegma gemeinsam zu einem übermächtigen Gegner vor dir auf. Und du gibst auf, ohne zu kämpfen.«

»So, so. Du redest, als wärst du dabei gewesen.«

»Ja, das könnte man meinen.«

»Sonst noch was?«

»Oder wenn du morgens mit dieser Riesenlatte aufs Klo gehst und versuchst, im Stehen zu pinkeln. Das ist so krank.«

»Ja, das stimmt.«

»Oder wenn du das benutzte, abgebrannte Streichholz zurück in die Schachtel legst, und ich nachher in der Schachtel mit 20 abgebrannten das eine unbenutzte Streichholz suche …«

»Ich weiß.«

»Oder, ganz fies, wenn du Käse schneidest. Wenn du von einem großen Stück Käse Scheiben abschneidest und irgendwann siehst, dass dein Daumen einen dunklen Fingerabdruck auf dem gelben Käselaib hinterlassen hat, weil das Fett des Käses den Dreck von deinem Finger gelöst hat, und du aber im Traum nicht daran denkst, mit einer weiteren Scheibe den Abdruck für den Nächsten zu entfernen, damit der nicht deinen Dreck sehen oder essen muss, geschweige denn, dir die Hände zu waschen, dann denke ich: *Du bist echt ein Schwein. Ein dreckiges, faules, asoziales Schwein.*«

»Du hast total recht. Vieles an mir ist echt abartig. Aber, watt soll man machen?«

»Man könnte was ändern.«

»Aber nur, wenn du mitmachst.«

»Okay. Womit fangen wir an?«

»Keine Ahnung. Heute mal früher ins Bett gehen.«

»Öh, nö, nicht heute. Wie wär's erst mal mit Duschen?«

»Boah, ne, da hab ich jetzt überhaupt keinen Bock drauf. Vielleicht weniger Käse essen? Oder zumindest nur Scheiben kaufen.«

»Super-Idee. Und die Zahnseide wegschmeißen.«

»Sehr gut. Ich hab mich noch nie so gut verstanden. Ich bin ganz gerührt. Gib mir 'nen Kuss!«

»Hier am Spiegel?«

»Ja! Iiiih, ne!«

»Was denn?«

»Ich küss doch jetzt nicht den Spiegel, der übersät ist mit den hartgewordenen Essensresten.«

»Ach ja.«

Wenn man nicht alles selber macht, dann macht es keiner

Ich wollte doch längst woanders sein,
ich hat es mir so fest vorgenommen.
Eine Reise, ganz allein,
was ist denn bloß dazwischengekommen?

Nach'm Aufstehn hab ich noch nicht mal das Bett gemacht,
da war mir eigentlich schon alles klar.
Auf Wiedersehen hab ich auch nicht gesacht,
na gut, war ja auch niemand da.

Und dann bin ich zum Bäcker gelaufen,
und nachher zum Kiosk gefahr'n,
wollte mir etwas Mut ansaufen
für meinen verwegenen Plan.

Klar im Kopf, im Herzen wirr,
bin ich dann ins Grüne spaziert,
am Ententeich da schwante mir,[3]
dass es heut passiert.

Es war dort wie üblich öd und trist,
zwei Enten kamen vorbei,
ich fütterte, obwohl es verboten ist,
das war mir heut einerlei.

Ich rauchte und trank ein paar Dosen Bier,
und fütterte ohne Pause,
und bald waren alle Enten bei mir,
sprach sich rum, die Brötchen-Sause.

---

[3] *Habt Ihr gemerkt? Hier hat der Autor unbewusst zwei unterschiedliche Tümpeltiere derselben Familie in einem Satz verbraten. Respekt.*

Und irgendwann sprachen sie mich an,
und ich weiß noch, ich war ganz verdattert,
wusste gar nicht, dass man mit Enten reden kann,
bisher hatten sie bloß geschnattert.

Ich gab ihnen auch eine Zigarette,
Und irgendwie hatt ich sie lieb,
wir quatschten und schnatterten um die Wette
und sie meinten, ich wär'n witziger Typ.

Die Laune stieg und wir begannen zu singen,
und bald sang der ganze Park.
So hab ich vergessen, mich umzubringen,
doch morgen ist auch noch ein Tag.

Aufgestanden

Vor ein paar Tagen bin ich morgens aufgestanden und dachte: *Cool.*

Es ist bei mir nämlich so:

Zwischen Aufwachen und Aufstehen, da können schon mal ein paar Tage liegen. Auf jeden Fall bin ich in die Küche gegangen, noch völlig schlaftrunken, spürte ein leichtes Kratzen im Hals, und dann habe ich mir aus Versehen aus einem Erfrischungstuch eine heiße Zitrone gemacht.[4] Da wird man wach von. Das kann ich euch sagen. Davon bin ich so wach geworden, so wach wollte ich gar nicht werden. *Okay*, hab ich gedacht*, jetzt biste schon mal so wach, Johann, dann kannste jetzt eigentlich auch frühstücken.*

Bin ich runtergegangen zum Bäcker, wollte mir ein paar Brötchen holen, und jetzt war es aber so, unten vorm Bäcker, da saßen zwei Kinder. Zwei Kinder saßen einfach so vorm Bäcker rum. Zwei

---

[4] *Siehe dazu Foto ›Na, Lust auf eine heiße Zitrone?‹ am 03.04.2007 im Kapitel »Tour-Tagebuch mit Königsbildern, Teil I« auf Seite 225.*

Kinder, bei denen ich schon von weitem dachte: *Pummelige, kleine PISA-Versager*. Und als ich mit den Brötchen wieder rauskam, saßen die da immer noch. Und da habe ich den einen einfach mal angesprochen und hab gesagt: »Na, keine Schule heute?« Da guckte der zuerst mich an, dann auf die Uhr und sagte: »Doch, aber nicht mehr um halb drei.« Hab ich gesagt: »Äh … Wiedersehn.«

Ich bin dann wieder hoch in meine Wohnung, und dort habe ich dann als Erstes die Brötchen weggeworfen und direkt Spaghetti gemacht. Um die Uhrzeit noch mit Brötchen anfangen? Das ist doch Irrsinn. Hätte der Bäcker eigentlich auch sagen können. Bäckerarsch. Hab ich ein Fenster aufgemacht und »Bäckerarsch« runtergerufen. Da war aber Ruhe.

Auf jeden Fall habe ich dann die Spaghetti aufgegessen, anschließend schön 'ne Zigarette angezündet. Dann fiel mir ein, dass ich gar nicht rauche. Hab ich mich gefragt, wo denn wohl die Zigaretten herkommen. Habe ich mir das so erklärt, dass die wahrscheinlich hier in meiner Wohnung heimlich ausgelegt worden sind. Von der Zigarettenindustrie. Um mich süchtig zu machen.

Irgendwann hab ich mir dann eine gute Flasche Rotwein aufgemacht, mich aufs Sofa gelegt und dann den Tag schon mal langsam Revue passieren lassen.

Ja, war ich auch recht schnell mit fertig. Hab ich überlegt: *Was machste jetzt mit dem angebrochenen Tag?* Und plötzlich wurde mir total übel. Plötzlich war mir total schlecht. Wahrscheinlich von dem Rotwein. Die Flasche war auch schon leer.

Auf jeden Fall habe ich dann aus Versehen, auf dem Sofa liegend, wirklich aus Versehen, habe ich plötzlich, unerwartet und schwallartig die Katze angebrochen. Die vorm Sofa geschlafen hatte. Hab ich gedacht: *Tja, hat se wohl nicht aufgepasst*. Hab ich sie erst mal in Ruhe angeschrien: »Boah, pass doch auf, Mensch. Du schusselige Kuh. Ist doch klar, wenn der Onkel auf dem Sofa liegt, dass da auch mal was rauslaufen kann. Aus dem Onkel.

Das kriegt doch keiner mehr ordentlich raus … – Jetzt trag das nicht noch alles durch die Wohnung! Hiergeblieben! Ich glaub, ich weiß, wer gleich freiwillig in die Badewanne geht? – Jetzt hör auf zu heulen.«

Ja, hat die Katze auch direkt eingesehen. Hat sich selber Badewasser eingelassen. Wie ich es ihr an Weihnachten beigebracht hatte. Und während sie sich die Pasta mit Rotwein aus dem Fell schrubbte, schrieb ich folgende Gedichte:

Die Katze

Die Katze leckt das Genital
sich offensichtlich gern.
Ich selbst versuch's noch nicht einmal,
denn das liegt mir zu fern.

Beim Dentisten

Um mein Mundwerk auszumisten,
ging ich einmal zum Dentisten,
den ich schon seit Jahren scheute,
was ich diesen Tags bereute.

Nach der optischen Betrachtung
sagte er mir: Alle Achtung!
Ihren Mund möchte ich nicht haben,
war'n Sie nie in einem Laden
mit Zahnbürsten und Zahnpasten
für die Hauer und belasten
Sie mit diesen Ihren Zähnen
Ihre Umwelt nicht durchs Gähnen?

Ich schreib kurz die Diagnose:
Erstens schreib ich: alles lose.
Zweitens Zahnfleisch schmal und wund,
und zum Schluss der Hauptbefund:
große Löcher, noch und nöcher.

Einfallslos

Ich saß wie immer am Rhein,
doch plötzlich fiel mir nichts ein.
So sehr ich mich auch bemühte,
so sehr meine Rübe auch glühte,
ich saß im Klee, ohne Idee.
Der Boden ging auf und ich kroch rein,
das muss das Kreativloch sein.

Glück gehabt

gestern sprang ich aus dem zug
und fiel auf eine weiche
matratze, ohne die mein flug
geendet hätt als leiche

2. Kapitel

Der Trend-König, Teil I

Der große Trend in Zeiten der Wirtschaftskrise ist: Urlaub in der Region. Für einen Westfalen wie mich klingt das direkt nach Eifel oder Sauerland. Gemeint ist aber wohl Deutschland. Warum Deutschland? Weil hier alles günstiger ist, obwohl alles immer teurer wird, oder was? Ich weiß es nicht. Seit ich denken kann – und ich konnte bereits sehr früh denken – mache ich Urlaub in der Region Deutschland. Darum bin ich jetzt voll im Trend, zu Beginn der Krise war ich Trendsetter und vor dreißig Jahren war ich damit der Mork vom Ork? Ich will das alles gar nicht verstehen. Dennoch habe ich mich breitschlagen lassen, eine Rubrik ins Leben zu rufen, die Trends erkennt, aufspürt oder ausruft. Aber vor allem: die den trendigen Dauertrend »Sich aus reiner Langeweile neue Trends ausdenken und dabei den Leser duzen« für sich entdeckt hat.

Als Trennungssymbol habe ich einen Vogel ausgewählt, der auch im Märchen von Seite 69 eine Rolle spielt: Die blinde Taube. Ihr bin ich zum ersten Mal vor über zehn Jahren begegnet, als ich eines Morgens wach wurde und merkte, dass ich an Händen und Füßen gefesselt bin. Die blinde Taube saß damals auf der Fensterbank und schaute mich an, als hätte sie etwas damit zu tun.

Mittlerweile ist sie für mich ein Symbol geworden für die Weg-Guck-Gesellschaft, für Behindertenfeindlichkeit, den Überwachungsstaat, Umweltzerstörung und Freiheit.

Ach ja, und für die Trennung von Texten. Ein vielseitiges Tier.

Hi Freaks, Trendscouts und Hinterherhinker!

Der neue Trend ist:
Stehen

Ja, STE-HEN. Hört sich banal an, ist aber so: Es wird immer mehr gestanden. Wo auch immer, egal. Fast alles wird heute im Stehen erledigt: essen, telefonieren, tapezieren, Tischtennis spielen. Wer hip ist, steht.

Das Tolle daran ist:
Man kann schon ganz früh am Morgen damit anfangen. Den Schlaf noch in den Augenwinkeln, aber schon cool im Stehen pinkeln.
Und jetzt der Hammer: Stehen ist auch noch gesund. Die ganzen Rückenprobleme gibt's nicht, weil wir zu wenig sitzen! Nein. Wir stehen zu wenig. Stehen ist das neue Sitzen.

Und so wird's gemacht:
Im Unterricht oder in der Vorlesung, einfach mal aufstehen und sagen: »Ja, ich steh dazu.«
   Darum das neue Motto:

   Ob in Uni oder Bus: Ich freu mich, wenn ich stehen muss!

Also Leute: Steht auf, steht rum, aber steht. Denn: wer steht, lebt. Sitzen bringt uns nicht nach vorne, nur im Stehen kann man ge-hen.

Aber Vorsicht:
Stiftung Warentest hat herausgefunden: Stehen belastet die Füße. Also auch mal 'nen Kopfstand machen.

Jetzt im Trend:

Das kleine Piercing-Studio für zu Hause

Ja, genau. Ein Piercing-Studio für zu Hause.

Wie oft denkt man sich:
Mein Gott, mein Piercer, der verdient sich doch dumm und dusselig an mir.

   Doch jetzt kommt Abhilfe. Denn jetzt gibt es das Piercing-Set für Anfänger.

Und so wird's gemacht:
Einfach Piercing-Set kaufen, aufreißen, die Metallteile gut abwaschen und dann erst mal mit einem Ohrloch beginnen. Dazu das Ohrläppchen zwischen die zwei Radiergummis klemmen, die Nadel über der Kerze erhitzen, Radiergummis fest zusammendrücken und dann die Nadel vorsichtig, aber mit einem Ruck durch die Gummis schieben.

Das Tolle daran ist:
Es tut kaum weh. Um gar nichts zu spüren, müsst ihr allerdings das Zeugs aus dem Tütchen auf einen Löffel schütten, Löffel über der Kerze erhitzen und mit der anderen Nadel … – na, ihr wisst schon.

Aber Vorsicht:
Stiftung Warentest hat herausgefunden: Piercen macht abhängig. Na, dann lasst es lieber.

Der neue Trend ist:

Total verrückte Wortverdrehungen

Wie zum Bleistift »Herzlichen Glühstrumpf«. An und Pfirsich kennen wir alle solche abgedrehten Words.

Und allzu oft denkt man:
Das darf doch nicht Warstein?

   Aber es ist so: Wer sich heute trendy fühlt, macht mit dem Handy ein Foti und findet es dann supi.

   Doch die wirklich Hippen laden es sich dann noch rauf auf ihr Notbuch oder Schlepptop. Und schon ist alles in Dortmund.

Und so wird's gemacht:

Sich einfach mal im Café neben eine Frau setzen und fragen: »Na, alles Okidoki in Tokio?« Und wenn sie dann antwortet: »Gar nicht übel, sprach der Dübel!«, dann weißt du: Ihr seid auf einer Wellenlänge. Dann heißt es: ab nach Hause, Flasche Proschutto aufmachen und »Stößchen« rufen. Oder »Prostata!«.

   Aber aufpassen: Wenn die Frau dann später sagt: »Leck mich en de Täsch«, dann hat es wahrscheinlich keinen Zwerg. Dann kann man auch mal sagen: »Noch so'n Spruch, Schädelbruch«, und dann: »Ciau cescu, bis danninski, und Tschüssikowski« Tja, Telaviv.

Aber Vorsicht:

Stiftung Warentest hat herausgefunden: Sagen Sie nie aus Witz »aus schwitz«. Alles klar?

Schon länger im Trend:
Gewinnspiele für Doofe

Ja. Für DOO-FE. Wenn du so richtig bescheuert bist, dann kannst du damit richtig viel Geld verdienen.

Und so wird's gemacht:

Einfach Fernseher einschalten, Frage merken, anrufen und dann ab in die Warteschleife. Natürlich brauchst du dabei so viel Glück, wie du's in deinem gesamten Leben noch nicht gehabt hast. Und mehr Glück als Verstand.

Das Tolle daran ist:

Jeder kann mitmachen, der sich Antworten auf die Fragen »Wie viele Brüste hat eine Frau?« oder »Wie macht die Kuh?« vorstellen kann.

Selbstverständlich wurden diese Shows für eine ganz bestimmte Zielgruppe konzipiert. Aber auch, wenn du kein alkoholisierter, arbeitsloser Ostdeutscher bist, der gerade aus der Kneipe nach Hause kommt, sondern einfach irgendein enthirnter Daddelbüddel, der spätabends noch was für die Birne tun will, dann kannst du mitmachen.

Aber Vorsicht:

Stiftung Warentest hat herausgefunden: Das ist alles nur 'ne ganz miese Abzocke.

Jetzt im Trend:

Tätowierungen selbst gemacht

Wie oft denkt man sich:

Mein Gott, mein Tätowateur, der kann auch bald nicht mehr.

Doch jetzt kann sich jeder selbst verschönern.

Alles was ihr braucht, ist ein Lötkolben – also, so einer, mit dem man auf der Kirmes seinen Namen in ein Holzbrettchen schreiben lassen kann – und dann natürlich: Eisspray.

Und so wird's gemacht:

Einfach die gewünschte Stelle großzügig mit Eisspray besprühen, Lötkolben anschließen und das gewünschte Motiv langsam in die Haut brennen. Wer nicht so eine ruhige Hand hat, nimmt als Hilfsmittel Schablonen aus Erstklässler-Etuis.

Das Tolle daran ist:

Fortgeschrittene brauchen keinen Strom mehr, weil sie im Sommer mit der Lupe arbeiten, was feinere Zeichnungen möglich macht.

Aber Vorsicht:

Stiftung Warentest hat herausgefunden: Eine Tätowierung ist keine Radierung, kann also nicht einfach mit dem Ratzefummel wieder weggerubbelt werden. Na, denn.

Jetzt im Trend:

Ein Gericht aus fünf Nationen

Wie zum Beispiel Döner-Pizza mit Gyros-Pommes indische Art. Oder kurz D.P.G.P.i.A.

Wie oft denkt man sich:

Ach, ich kann mich nicht entscheiden: Pizzeria, Döneria oder doch zum Fritten-Toni?

Doch jetzt gibt es Multikulti nicht nur in Berlin, sondern auch im Essen. Und zwar in der Mixeria.

Und so wird's gemacht:

Einfach Mixeria aufsuchen, Döner-Pizza mit Gyros-Pommes nach indischer Art bestellen, zehn Minuten warten und schon hat man den Tisch voller Freunde und Bekannte. Mit NEUEN Freunden und Bekannten, versteht sich. Wenn dann das Essen kommt, serviert auf einem tischgroßen Teller, alles gut vermengen und nach uralter Tradition mit den Fingern den rechten Nachbarn füttern.

Das Tolle daran ist:

Das Ganze gibt's auch püriert in einem riesigen Pott. Als Pottpüree!

Aber Vorsicht:

Stiftung Warentest hat herausgefunden: Das schmeckt überhaupt nicht. Die finden aber auch immer was!

Jetzt im Trend:
Alles nicht so meinen, wie man es sagt

Also ironisch. Genau. I-RO-NISCH.

Wie oft sagt einer, der gerade ein lauwarmes Bier in die Hand bekommt: »Oh, das ist aber schön kühl.« Und in seinen Augen erscheint ein zwinkernder Smiley. Diese feinsinnige Art des Humors greift immer weiter um sich.

Und so wird's gemacht:
Wenn einer fragt: »Und, was machst du so?«, einfach mal sagen: »Ich studiere. Also studieren in Anführungszeichen. Du verstehst? Eigentlich mach ich nur Party. Hihi.« Oder beim Zahnarzt ständig rufen: »Ist das toll hier.« Man kann auch am Baggersee zur dicken Elke gehen und sagen: »Du bist aber 'ne Süße.«

Das Tolle daran ist:
Man kann sein ganzes Leben ironisch führen: ironisch wohnen, ironisch lieben, ironisch arbeiten. Und wenn's schiefgeht, kann man nachher immer sagen: »War ja nicht so gemeint.«

Aber Vorsicht:
Stiftung Warentest hat herausgefunden: Man sollte nie so tun, als würde man auf innere Werte achten und dabei nur auf die Titten gucken.

Der neue Trend sind:
Klingeltöne fürs Fahrrad

Genau! Fürs FAHR-RAD.

Wie oft denkt man sich:

Mein Gott, der Ton meiner Fahrradklingel, der ist ja voll alt. Und immer gleich: ring ring.

Doch jetzt kommt Abhilfe, denn jetzt gibt es die Fahrradklingel mit USB-Anschluss.

Und so wird's gemacht:

Einfach USB-Kabel anschließen, Klingelton aufladen, fertig. Vergesst diese großen, rostigen Riesenklingeln, die schon euer Oppa am Lenker hatte! Klingeltonfahrradklingeln sind leicht, klein, und bestimmt gibt es bald auch schöne bunte Klingeltonfahrradklingelhüllen.

Das Tolle daran ist:

Es gibt natürlich auch wieder lustige Klingeltöne wie das schreiende Kind: »Aaah!«, der arrogante Armstrong: »Hey, make place!« oder der furzende Ullrich: »Puups!«

Aber Vorsicht:

Stiftung Warentest hat herausgefunden: Fahrradklingeltöne sind total teuer. Und führen über kurz oder lang zu Schulden, Alkoholismus und Obdachlosigkeit. Tja, man kann nicht alles haben.

Der neue Trend ist:
Deutsch sein, aber alles auf Englisch sagen

Yeah, that's cool.

Wie oft fragt man sich:

Was heißt eigentlich noch mal »airbag« auf Deutsch? Oder »synthesizer«? Warum hat mein Streetworker immer so longes Hair? Und wie long ist das her, that he was beim Friseur?

Hey, Leute, das ist doch alles egal. Oder igel wie der Engländer sagt. No problem. Englisch ist easy, englisch is hip und – sorry, Leute, aber wer nicht weiß, was ein »airbag« ist, der wird eh gedisst. Dies ist eine Homepage, ne, dies eine Hommage an das Englische.

Und so wird's gemacht:

Erst mal meeten im Team, also Teammeeting, dann Warm-up, anschließend Brainstorming und dann ab zur After-Work-Party.

Das Tolle daran ist:

Wir wachsen zweisprachig auf, nehmen aber von jeder Sprache nur die important words. Auch die Namen unserer Kinder sind davon geprägt, oder, Horst-Kevin?

Aber Vorsicht:

Anglizismen verdrängen schöne deutsche Wörter wie zum Beispiel »Schaffner« für fucking ticket control arsch.

Der neue Trend sind:
Zivis bei der Bundeswehr

Genau: ZI-VIS bei der BUN-DES-WEHR.

Wie oft denken die jungen Männer:

Ach, ich kann mich nicht entscheiden. Mach ich jetzt Ersatz-
dienst, und wenn wo, oder gehe ich zum Bund, und wenn,
warum?

   Doch jetzt kommt Abhilfe, denn jetzt kann man seinen Zivil-
dienst auch beim Militär machen.

Und so wird's gemacht:

Einfach bei der Musterung sagen: »Hier, Sie, ich kann aus gewissen Gründen nicht ins Altersheim oder Krankenhaus, und schießen kann ich schon mal gar nicht.« Und schon bist du dabei.
Natürlich musst du auch dort Aufgaben eines Zivis übernehmen,
wie zum Beispiel nach einem Gelage die Kotze wegwischen.
Der große Vorteil jedoch: Du putzt immer eher Gewehre statt
Ärsche.

Das Tolle daran ist:

Sie sind weder Bundi noch Zivi, sondern Zundi.

Aber Vorsicht:

Als Zundi solltest du nie zum Obergefreiten gehen und sagen:
»Stell dir vor, es ist Krieg, und keiner geht hin.« Denn dann kommst
du sofort für zwei Wochen in'n Spind.

Jetzt im Trend:

Alles für to go

Genau: für TO GO.

Wie oft denkt man sich:

Ach, ich habe keine Zeit hierfür, ich muss gehen.

Doch das geht jetzt beides, denn es gibt alles auch zum Mitnehmen. Natürlich auf Englisch: »Coffee für to go«, »Zeitungen für to go«. Es gibt sogar »Telefone für to go«. Oder Schuhe.

Das Tolle daran ist:

Auch bei Sachen, die man nicht im Gehen erledigen kann, wird jetzt ein *and go* drangehängt, weil man danach sofort loslaufen kann. So gibt es nach »Wash and go« nun endlich auch »Cut and go«, auf der Reeperbahn heißt das Ganze »Fuck and go«, und in Köln-Chorweiler gibt's sogar ganz umsonst »In die Fresse and go«.

Und so wird's gemacht:

Einfach nach Köln-Chorweiler fahren, nachts um 1 auf eine Gruppe alkoholisierter Jugendlicher zugehen, ganz laut »asoziales, arbeitsscheues Pack« rufen und weitergehen. Und kurz darauf hat man die Fresse voll mit Komplimenten aus der Unterschicht.

Aber Vorsicht:

Stiftung Warentest hat herausgefunden: Sei auf der Hut, wenn dir jemand ein »Fahrrad für to go« verkaufen will. Das könnte kaputt sein.

Jetzt im Trend:
Alles in Einem

Genau: in EI-NEM.

Wie oft denkt man sich:

Ach, wie gerne würde ich jetzt zum Friseur, was essen, im Internet surfen und mein Fahrrad reparieren. Aber wie soll das alles gehen, gleichzeitig? Ganz einfach, denn jetzt gibt es »All in one«. Was früher Ihr Friseur war, ist heute eine Hall, mit Internetcafé, Waschsalon, Großleinwand, Cocktailbar, Comedybühne, Briefkasten, Kinderecke, Nagelstudio, Chinarestaurant und Fahrradwerkstatt. Ja, und mit Friseur natürlich.

Und so wird's gemacht:

Einfach »All-in-one-Hall« aufsuchen, hinsetzen und einmal das Komplett-Paket bestellen. Und nur zwei Stunden später sind Sie superfrisiert, informiert, erotisch aufgeladen, satt und besoffen, Sie haben gelacht, die Füße sind wieder schön, die Wäsche ist sauber und das Fahrrad ist heile.

Das Tolle daran ist:

Alles ist unter einem Dach. Auch bei Regen. Und in den hinteren Räumen gibt es das Ganze auch als Erotik-Version für Männer. Das heißt, beim Haareschneiden kann sich der Mann gleichzeitig schön einen Film angucken.

Aber Vorsicht:

Wenn du jetzt denkst, das geht zu Hause genauso weiter, dann hast du aber die Rechnung ohne deine Frau gemacht.

Der neue Trend ist:
Funktions-Changing oder auf deutsch:
Gegenstände aus ihrem vorgesehenen Zusammenhang heraus-reißen und in einem neuen Kontext wiederverwenden.

Wie oft denkt man sich:
Mit so einem elektrischen Milchaufschäumer, da kann man doch bestimmt auch prima der Katze die Zecke wegfräsen.
Und das ist jetzt tatsächlich erlaubt, denn jetzt wird alles multi-funktional.

Und so wird's gemacht:
Einfach zum Beispiel eine Lupe nehmen, zufällig zwischen Sonne und Freundin halten, und schon wird aus dem Vergrößerungsglas eine Tätowierhilfe.
Milch aufschäumen geht auch prima mit der elektrischen Zahn-bürste.
Und wenn man Zug fährt – im Regionalexpress –, einfach mal zur Toilette gehen, den Seifenspender mit Hartseife abschrauben, zu Hause in die Küche hängen und dort statt der Seife ein schönes Stück Parmesan reinlegen.

Das Tolle daran ist:
Man kann wirklich jeden Scheiß umfunktionieren. Es soll sogar schon Leute geben, die telefonieren mit ihren Fotoapparaten: »Hey, Fotoapparat, wie geht's?« – »Ah, geht so!«
Viele versuchen auch, den Klamottenladen zur Disco zu ma-chen: Einfach Musik ordentlich aufdrehen, cool rumstehen und zu jedem, der reinkommt, »Hallo« sagen.

Aber Vorsicht:
Wenn irgendeiner auf die Idee kommt, Klingeltöne für die Haustür zu erfinden, den bring ich um.

Der neue Trend ist:
Das intelligente Haus

Wie oft denkt man sich:

Mein Gott, mein Haus, das ist ja dumm wie Brot.
Doch jetzt gibt es schlaues Wohnen in klugen Häusern.

Und so wird's gemacht:
Einfach ein intelligentes Haus erwerben, alle Herdplatten auf drei stellen und ab in den Urlaub fahren. Und wenn du dann nach einer Woche nach Hause kommst und noch siehst, wie die Feuerwehr den Brandherd sucht – haha, den BRAND-HERD – die Brandursache sucht, dann war es wahrscheinlich nur ein Haus mit Hauptschulabschluss.

Das Tolle daran ist:
Bei einem Haus mit Abitur wird jeden Sonntagmorgen der Müll runtergetragen, Kaffee gekocht, das Badewasser eingelassen und Frühstückstoast gemacht.

Aber Vorsicht:
Stiftung Warentest hat herausgefunden: Das Haus darf nicht intelligenter sein als du selbst. Denn dann wird es dir irgendwann den Toaster zuwerfen, wenn du gerade in der Badewanne liegst.

Der neue Trend ist:
Alle Menschen in Generationen aufteilen
Genau.

Wie oft fragt man sich:
Ach, Kerl, welcher Generation gehör ich eigentlich an? Früher gab es die Achtundsechziger, die Hippies, die Ökos. Aber heute? Bin ich Generation X, Generation Nutella, Generation Medien, Generation Praktikum oder Generation Medienpraktikum?
Egal, such dir was aus.

Das Tolle daran ist:
Ein Jahrgang besteht heute aus bis zu fünf Generationen. Generation Fast Food oder Fahrrad, Generation iPod oder Pumpgun, Generation Klingelton oder Playstation, die Auswahl ist grenzenlos und richtet sich einfach nach deiner Hauptbeschäftigung.

Und so wird's gemacht:
Einfach mal überlegen, was du den ganzen Tag machst. Wenn du wenig zur Schule gehst, meistens bei McDonald's isst oder viel auf dem Arbeitsamt rumhängst, dann gehörst du auf jeden Fall zur Generation PISA: Pe, I, Es, A – Pummelige Idioten suchen Arbeit.

Aber Vorsicht:
Frage nie deinen Opa, ob er zur Generation Hitler gehört. Das könnte das Letzte sein, was du ihn fragst.

Hast du einen Trend verpennt, Johann fragen,
Danke sagen!

3. Kapitel

Worüber sich Mike Tyson und van Gogh unterhalten könnten, warum man Spatzen auch mal wie Fliegen behandeln darf und wieso es in London vor Anglizismen nur so wimmelt

Als ich 1997 Mike Tyson im Fernsehen dabei zusah, wie er seinem Gegner Evander Holyfield ein Stück vom Ohr abknabberte, da dachte ich nur: *Aua, aua*. Heutzutage kann man kaum noch durch die Programme zappen, ohne nicht ständig *aua, aua* zu denken. Fernsehen ist ja generell eine schöne Sache – vorausgesetzt man kann damit umgehen. Und genau das ist das Problem: Kaum einer kann damit vernünftig umgehen. Ich selbst gucke viel zu viel Fernsehen. Leider. Bei mir stelle ich folgende furchterregende Entwicklung fest: Je schlechter das Programm wird, desto mehr gucke ich.

Und dann gibt es ein weiteres Paradoxon: Je mehr Kochsendungen ich sehe, desto weniger koche ich. Weil ich nach dem ganzen Gebrutzel einfach schon genug habe.

Das Schlimme an dem Ganzen ist: Wir werden gezählt. Man weiß hochgerechnet, wie viele Menschen was gucken und wann sie um- und wann abschalten. Denn unzählige Menschen leben davon, dass andere Menschen zeit ihres Lebens vor diesem Gerät verbringen. Und das tun sie, weil sie zu schwach sind, den Fernseher rauszuwerfen. So wie ich.

Es ist bei mir tatsächlich so: Oft sitze ich stundenlang angeekelt vor der Glotze und frage mich die ganze Zeit: *Wer guckt sich so was an?*

Und denke: *Mein Gott, ist das langweilig*. Dabei verspricht das Fernsehen ja gerade, uns aus dieser Langeweile herauszuholen.

Wir alle kennen das Phänomen: Wenn eine Weile lang nichts

passiert, denken wir sofort an das extrem negativ besetzte Wort Langeweile. Und prompt wird ungeduldig versucht, ihr zu entfliehen. Dabei gerät man aber oft einfach von der einen in die nächste Langeweile. Man unterscheidet hier zwischen der

- tätigkeitsungebundenen Langeweile, bei der man einfach nur dasitzt oder liegt oder steht und gerade nicht weiß, was man machen soll, und der
- tätigkeitsgebundenen Langeweile (der sogenannten »Berieselungs-Langeweile«), die meist mit der eindimensionalen Nutzung der audio-visuellen Fähigkeiten (Fernsehen) einhergeht.[5]

Die Angst vor der ersten und die Vielzahl der Möglichkeiten, diese gar nicht erst aufkommen zu lassen, treiben uns in die zweite beschriebene Langeweile, die beim Zappen, Daddeln und Ballern, beim Chatten, Twittern und Simsen entsteht und die ebenso da ist, aber eben nicht so wahrgenommen wird.

Der bedeutende Unterschied: Allein die erste Langeweile kann in Kreativität münden, wie folgende Texte beweisen wollen.

Café, Cola, Spatzenhirne

Oft werde ich gefragt, wann ich denn mal richtig laut und aggressiv werde, wann ich mal so richtig ausflippe und rumschreie, wann ich mal wütend auf den Tisch haue und rufe: »So nicht!« Und meistens sage ich dann: »Das geht Sie überhaupt nichts an!« Wenn ich dann aber wieder alleine bin und darüber nachdenke, wann das denn mal vorkommt, das oben Beschriebene, dann denke ich am Ende immer: *Eigentlich nie.* Schade, oder?

Obwohl …, kennen Sie das, wenn man im Café sitzt? Kennen

---

[5] *An dieser Stelle versucht Herr König mit wissenschaftlich anmutenden Sprachphrasen die Ausgedachtheit seiner Zweiteilung der Langeweile zu kaschieren.*

Sie das? »Café« kennen Sie aber? Man sitzt im Café und hat eine Cola bestellt, und die Cola ist auch gekommen, also der Pfosten aus der Ecke, die Kellnerattrappe hat die Cola tatsächlich termingerecht kredenzt, und jetzt schwimmt oben auf ihr eine halbe Zitronenscheibe, eine halbe Zitronenscheibe schwimmt oben auf der Cola, die Hälfte der Oberfläche ist also noch frei, man hat also eine große Chance, beim Trinken eine freie Fläche zu treffen. Und dann ist es aber so, wenn man trinken will, ist die Zitronenscheibe immer genau da, wo man trinken will! Also da könnte ich ausrasten. Ehrlich. Das muss nicht sein. Das kann man auch anders lösen. Man kann das Glas drehen und wenden wie man will, die Zitronenscheibe ist immer genau da, wo die Lippen sind. Ich bin schon mal aufgestanden und um das Glas herumgelaufen … hat aber nichts genützt.

Oder anderes Beispiel: Man sitzt im Café – das kennt ihr ja schon – draußen, und man hat Essen bestellt, das Essen ist aber noch nicht da, Brot aber schon, ein paar schüchterne Baguette-Scheiben liegen auf einem tellerartigen Rund, und jetzt will man von dem Brot essen, und plötzlich kommen Spatzen. Kommt 'ne Horde Spatzen angeflogen, und die fragen auch gar nicht. Nein, kommen an, hauen ihre Schnäbel ins Brot rein, wo ich dann auch denke: *Spatzenhirne, das ist mein Brot! Spatzenspacken*. Ich meine, es gibt doch auch Fliegenklatschen. Warum gibt's denn keine Spatzenklatschen? Nur weil die süßer sind?

Einmal hatte ich wie zufällig meinen Badmintonschläger dabei, und da habe ich den Kollegen mal gezeigt, wo der Spatz am dünnsten ist. Spatzencarpaccio.

»Hallo, ich hätte gerne das würfelige Spatzencarpaccio!«

Na ja, mir ist oft langweilig, und da kann man über so etwas nachdenken. Aber das ist gar nicht schlimm. Mir ist gerne langweilig. Da passiert immer was. Einmal war mir so langweilig, da hab ich auch im Café gesessen, da war mir so langweilig, da bin ich irgendwann aufgestanden, bin ins Nachbarcafé gegangen und habe Bestellungen aufgenommen.

Hutzelmännchen oder Fernsehen ist ungesund

Ich legte mich aufs Sofa und schaltete den Fernseher ein. Programmplatz eins: RTL super geil, Programmplatz zwei: ARTE.

Ich bin ein Mann, der Kontraste braucht.

Auf dem ersten Kanal lief eine dieser Fake-Doku-Soap-Comedy-Infotainment-Geschichten, die wir uns immer einen Tick zu lang angucken. Ich sah, wie ein Arzt bei einem nackten Mann riesige herunterhängende Hautlappen mit einem schwarzen Edding markierte. Offensichtlich sollten diese Lappen ab, denn die Linien waren gestrichelt, so dass auf meiner Netzhaut unweigerlich das kleine Symbol einer Schere auftauchte.

Der so bemalte Mann sah aus wie ein verschrumpeltes Hutzelmännchen in einem viel zu großen Mantel.

Ich dachte: *Der Arme.*

Dieser arme, bedauernswerte Tropf. Was war mit ihm passiert? Warum hat es so weit kommen müssen?

Plötzlich merkte ich, dass mein Mitleid im Grunde dem Arzt galt. Verdutzt schmunzelte ich auf. Und dann dachte ich weiter: *Dieser arme Arzt. Dieser arme, bedauernswerte Tropf.* Ich glaube, wenn ihm in der Grundschule jemand gesagt hätte, dass er später einmal beruflich Hutzelmännchen-Haut abschneiden würde, er wäre vielleicht nie wieder versetzt worden.

Das Hutzelmännchen, das Ingo aus Darmstadt hieß, stand noch immer da mit nichts an außer seinem faltenreichen Gewand. Ich dachte an den Spruch mit dem nackten Mann, dem man nicht in die Tasche greifen kann.

»Wohl aber in die Hauttaschen«, dachte ich laut.

Der Arzt erzählte Ingos ganze Geschichte: Esssucht, Übergewicht, Magenverkleinerung, dann einhundert Kilo abgenommen. Bloß die Haut war nicht mitgeschrumpft.

Dabei fuhr die Kamera an seinen Wülsten entlang, und das Ganze machte ein bisschen den Eindruck, als würde er gleich für Körperwelten präpariert werden.

Dabei hatte er nur Haut für zwei.

Ein Bauchnabelpiercing würde man bei ihm lange suchen müssen, dachte ich. *Stattdessen könnte er sich überall Kuhglocken anhängen lassen. Mit lenkradgroßen Eisenringen. Und wenn er dann ins Schwimmbad käme, würden alle sagen: »Guck mal, da kommt Bimmel-Ingo und versucht sich anzuschleichen. Gib ihm mal den Hula-Hoop-Reifen.«*

Ein paar Tage nach der Operation stellte sich Ingo – noch am ganzen Körper verbunden – vor einen Spiegel. Er sah aus, wie am Kindergeburtstag in Klopapier eingewickelt.

Langsam entfernte der Arzt die Verbände, bis Ingo schließlich wieder fast nackt dastand. Doch, o Schreck, was war das? Die Brustwarzen hingen viel zu tief! Sie saßen oben am Bauch, über dem Bauchnabel. Man wollte sofort ein Gesicht malen und dann sagen: »Guck mal, da kommt der Mann mit den zwei Gesichtern. Gib ihm mal 'ne Zigarette.«

Als das fürchterliche Schauspiel durch einen Weinkrampf von Ingo seinem würdigen Höhepunkt entgegensteuerte, schaltete ich um auf ARTE. Hardcore-Zapping. Dort lief ein Themenabend über Rainer Werner Fassbinder.

Auf ARTE ist Verlass.

Ich überlege gerade, ob die Anforderung an den Leser dieser Textpassage der des Umschaltens auf einen anderen TV-Kanal entspricht. Bin mir nicht sicher.

ARTE zeigte einen Film, der im Vergleich zum vorher gesehenen beängstigend langsam wirkte. Kaum Schnitte, wenig Text, rauchende Personen, und alles in Schwarzweiß. Ich musste an Momo denken. Rauchende, graue Herren, die uns die Zeit stehlen.

Genau wie die Fernsehmacher, die mit der Zeit, die wir vor dem Bildschirm verbringen, ihre Quoten und damit ihr Überleben sichern. Weiser Michael Ende.

Fernsehen essen Seele auf. Kinderseelen.

Ich bekam einen Moralischen. Überlegte zu weinen, war dafür aber zu verkopft. *Ich muss weniger fernsehen. Eltern müssen auch Vorbild sein.* Plötzlich hörte ich die Zeilen: »Macht kaputt, was euch kaputt macht« von Ton, Steine, Scherben.

Das war es.

Ich musste den Fernseher rausschmeißen. Ganz einfach. Raus damit. Für immer. Ich zog den alten Parka an, schnappte mir das Gerät und warf es aus dem Fenster. Das machte erst einmal die Fensterscheibe kaputt. Verdammt. War mit meinen Kräften auch schon am Ende. Zu meiner Beruhigung fiel mir ein, dass ich überhaupt keine Eltern war. Ich war Deutschland. Und das war auch gut so. Oder schlimm genug. Das Krüsselbild des Fernsehapparates warf einen matten Glanz auf mein Gesicht. Ich musste an Ingo denken, den alten Flickenteppich. Seine Brustwarzen sahen ein bisschen aus wie aufgeklebte Fahrradflicken.

Ohne Zähneputzen ging ich ins Bett. Da haben wir's: Fernsehen ist ungesund.

Meppen

die schuhboutique angelika röttken
verkauft zu phantasievollen preisen
sandalen und stiefel für damen
die damit geschmack beweisen.
das geld für einen stiefel sollte man nehmen,
um kurz zu verreisen nach bremen.

wegen ihrer bedeutungslosigkeit im krieg
wurde die schöne altstadt verschont,
durch die lädenketten sieht
sie dennoch aus wie geklont.
die zeit für einen bummel sollte man sich schenken,
um an seine liebste zu denken.

der akkordeonspieler spielt und spielt
das lied der melancholie,
dabei schaut er so munter
und zieht uns damit runter
das nennt man wohl paradoxie.
zwei euro und ein lächeln,
nur für den zweck:
dann kommt auch er von hier weg.

ich schau auf mein ührchen
es regnet wie am schnürchen
die ems schleicht vorbei
wie ein blutstrom aus blei.

in den häusern brennt licht
doch nach draußen sehen sie nicht
vor den häusern stille treppen.
es ist herbst in meppen.

Na, da haben sich die Marketing-Experten ja mal richtig etwas einfallen lassen. Ich stelle mir die vorangegangene Diskussion so vor:
     Experte 1: »Ey, wir brauchen noch einen Slogan für Meppen, für
die Dings-Mappe, hier, das Heft, das in Hotels ausliegt und so.«
     Experte 2: »Tja, was gibt's denn hier Cooles?«
     Experte 3: »Na ja, Kühe …«
     Experte 1: »Sehr witzig. Coole Kühe, oder was? Du kannst doch
eine Stadt nicht über so ein Rindvieh vermarkten.«

Experte 2: »Ja, das stimmt, das geht nicht. Überlegt euch was, ich bin raus.«

Experte 1: »Jau, ich muss auch. Also, Kollege, stormen Sie mal Ihr brain, da wird schon was rauskommen, haha. Und immer dran denken: Meppen ist cool. Tschüssikowski!«

Werbekampagne der Stadt Meppen

Quotenlogik

Sobald bei einer Sendung im Privatfernsehen die Werbung beginnt, schalten viele Menschen reflexartig um oder aus.

Das führt immer zu einem merklichen Knick in der Quote. Der letzte Künstler im Quatsch Comedy Club zum Beispiel, der nach dem Reklameblock auftritt, hat immer mit Abstand die wenigsten Zuschauer.

Ohne Werbung hätte die Sendung also insgesamt mehr Zuschauer.

Und bei mehr Zuschauern wäre wiederum der Preis, den die Werbung für eine Sendeminute bezahlen müsste, um einiges höher, da er sich hauptsächlich nach der Einschaltquote richtet. Verrückt. Die Werbung hält ihre Preise niedrig durch sich selbst.

Das Ganze erinnert mich ein bisschen an den doofen, mopsigen

Michael, der früher immer beim Fußball mitspielen wollte. Für den neutralen Beobachter wurde das Spiel durch sein Mitwirken uninteressanter, weil kein richtiger Spielfluss mehr aufkam. Er durfte aber mitspielen, weil nachher alle bei seinen Eltern Cola trinken und Fernsehen gucken durften. Und was kümmerten uns schon die neutralen Beobachter.

So könnte man mit dem Satz »Werbung ist wie ein blöder dicker Junge, den keiner mag, der aber reiche Eltern hat« dieses leicht missglückte Bild auf den Punkt bringen.

Inseln

Oft und gerne bin ich auf den Ostfriesischen Inseln unterwegs. Also auf Tour. Tolle Sache. Auf Juist war es besonders schön. Auf der Fähre dorthin sprach mich ein kleiner Junge an und fragte mich, ob ich nicht der Johann König wäre. Da hab ich gesagt: »Ja, ja, ja, das glaub ich manchmal auch.« Und dann fragte er mich, warum ich denn dann hier mit der Fähre fahren würde, ob ich das noch nötig hätte. Da habe ich ihn angeguckt und gesagt: »Weißt du, mein Kleiner: Mir gehört die Fähre. Und wenn der Onkel das will, dann steigst du gleich noch während der Fahrt aus.«

Auf Juist habe ich dann tatsächlich einen Eingebo…, also einen Einheimischen kennengelernt. Der erzählte mir, er hätte jetzt eine neue Freundin – und so was hätte er noch nicht erlebt. Die wäre nämlich nett und gleichzeitig nicht mit ihm verwandt. Bei den meisten vorher wäre beides andersrum gewesen.

Ich war sogar schon einmal auf Baltrum. Baltrum ist die kleinste von allen. Ich habe die ganze Zeit gedacht: *Hoffentlich ist das hier bald rum.*

Auf Baltrum gibt es noch nicht mal Fahrräder. Das ist denen zu hektisch.

Warum denkt man immer, wenn man über Baltrum fliegt, die Insel wäre voll mit Parkettboden? Weil dort alle ein Brett vorm Kopp haben, und wenn man drüber fliegt, gucken alle hoch.

Den Witz hat mir übrigens ein Norderneyer erzählt. Aber über die Juister.

»Nein, Baltrum ist schön, es liegt nur einfach neun Meter zu hoch« – ist auch von ihm.

Kreislauf

Die Möwen auf Fähren betteln nach Brot,
und manchmal wird was hochgeschmissen.
Aus dem Brot wird Möwenkot,
und der wird auf den Kopf geschissen.

Verwandtenbesuch

Vor kurzem war ich zu Verwandten bei Besuch. Ne, anders. Ich war bei Verwandten zu Besuch. Klingt direkt besser. Na ja, jedenfalls, das war nichts, der Besuch … Hätt ich mir auch sparen können. Bei Verwandten war ich, und zwar – wie erklär ich das am besten? – ich war bei den Eltern meines Bruders.

Tja, und wir verstehen uns eigentlich nicht so bombig, aber wir sind halt verwandt. So, und der Mann, der da mit wohnt, also der Mann von …, also der Bruder hat die Mutter, und davon der Mann, dieser Mann, das soll mein …, aber da glaub ich nicht dran.

Auf jeden Fall, dieser Mann hatte Geburtstag, und darum musste ich dahin, und ich bin morgens aus dem Haus und hatte schon überhaupt keinen Bock. Bin aus dem Haus, habe als Erstes 'ne Politesse angeschnauzt. Habe sie angeschrien: »SIND SIE BE-SCHEUERT? DAS IST MEIN WAGEN, ICH DARF HIER STEHEN, ICH

STEH HIER IMMER, HAUN SE AB, SONST VERGESS ICH MICH, BLÖDES POLITESSEN-MAFIA-GESOCKSE!« Ja, sie hat sich alles notiert, von wegen Beamtenbeleidigung und so weiter. Ich bin dann weitergegangen. Das war überhaupt nicht mein Wagen, vor dem sie stand, meiner war in der Garage. Hab ich Glück gehabt. Ist mir auch erst nachher eingefallen. Das war der Wagen meines Nachbarn. Der kriegt jetzt Post.

Ich bin dann zum Bahnhof gegangen, denn ich wollte ja jetzt mit dem Zug zu dem Mann fahren, der Geburtstag hatte. Und ich saß im Zug, aber da ist nicht viel passiert. War auch nicht viel los. Im Grunde war gar nichts los und es ist auch gar nichts passiert. Oft passieren ja im Zug interessante Gespräche oder lustige Dinge, die man dann aufschreiben oder erzählen kann, aber als ich dort im Zug saß, passierte vor allem nichts. Bzw. nichts von alledem. Ich habe einfach aus dem Fenster geguckt und habe mir meine Gedanken gemacht. Ganz unspektakulär.

Irgendwann sind wir an Windrädern vorbeigefahren. Da hab ich gedacht: *Tja! Müssen Se selber wissen. Für mich wär das nichts. Das wär mir zu hektisch.* Und dann hab ich überlegt, was das wohl für Strom kostet, die Dinger den ganzen Tag am Laufen zu halten.

Irgendwann war mir dann so langweilig, da habe ich eine Dose Mais aus meiner Tasche geholt, aufgemacht und habe angefangen, die Körner zu zählen. Ich habe ja immer eine Dose Mais dabei. Wie oft denkt man sich: *Ja, wenn ich jetzt 'ne Dose Mais dabei hätte ...*

Nach einer Weile haben wir angehalten, und es stieg jemand zu, in mein Abteil, bei dem dachte ich schon von weitem: *Och, muss der jetzt zusteigen? Wo ich gerade hier so schön sitze.* Das war einer, der sah so aus, »*Besoffener Vollassi*« *wäre für den wahrscheinlich noch ein Kompliment gewesen.* Der sah so aus, also bei Britt in der Mittags-Talkshow – da hätten sie zu dem gesagt: »Komm, geh woandershin, wir haben hier auch unser Niveau.« Der kam rein in mein Abteil, fing direkt an, rumzupöbeln, Bier zu trinken, rumzurotzen, dann hat er einem kleinen Jungen, der da saß, den Gameboy aus der Hand geschlagen. Und die Brille auch noch. Ja, das fand ich ja alles noch ganz witzig. Aber dann hat der sich direkt neben mich gesetzt und über Kopfhörer ganz laut Musik gehört. Mein Glück war, dass er relativ schnell eingeschlafen ist, die Musik lief aber weiter, da habe ich überlegt: *Okay, was machste jetzt?* Wie zufällig hatte ich auch einen Nagelknipser dabei. Einen Nagelknipser für den großen Onkel. Wenn man den großen Onkel ein Jahr nicht geschnitten hat … nein, da braucht man erst mal eine Flex. Aber danach kann man dann mit dem Nagelknipser beischneiden. So einen hatte ich dabei. Im Grunde habe ich immer einen Nagelknipser dabei. Wie oft denkt man sich: *Och, hätt ich jetzt einen Nagelknipser dabei.* Gerade wenn man im Zug sitzt. Auf jeden Fall habe ich den Nagelknipser genommen und beide Kopfhörerkabel durchgeknipst, da hatte der viel mehr Ruhe. Der konnte viel besser schlafen. Was habe ich noch gemacht? Ach ja, habe an den Kopfhörerkabeln gezogen, kam sein Handy zum Vorschein, hab ich sein Handy genommen und dreimal die falsche PIN eingegeben. Und dann hab ich ihm noch einen Zettel geschrieben und ihm zugesteckt, da stand drauf: »Wenn noch was ist, ruf mich an!«

Die Zugfahrt dauerte noch ein bisschen länger, aber was dann weiterhin im Zug passierte, möchte ich euch jetzt in Dialogform darreichen. Es ist ein Dreierdialog, spielt im Zug und geht so:

Dreier-Dialog im Zug

Es sprechen:
- I. Der Zugchef
- II. Die Schaffeuse
- III. Der Reisende Herr König

»Meine Damenunterren: Herzlich willkommen im ICE André

Rieu auf seiner Fahrt von München nach Hamburg. Mit Halt in Köln, Berlin und … dann noch Hamburg. Unser Bordrestaurant befindet sich in der Mitte des Zuges, und die Toiletten sind wie immer willkürlich über den ganzen Zug verteilt. Und jetzt wünschen wir Ihnen eine angenehme Reise.«

»Guten Tag, Personalwechsel, die Fahrausweise, bitte.«

»Was?«

»Hallo?«

»Ja, Moment. Ich kann auch nicht hexen. Da.«

»So. Sie fahren nach Hamburg?«

»Ja.«

»Von Köln?«

»Ja.«

»Über Berlin?«

»Ja.«

»… Ganz schöner Umweg, was?«

»Ja, das stimmt, das …«

»Ihre Bahncard, bitte.«

»Hier.«

»Das sollen Sie sein?«

»Ja. Gucken Se doch genau hin. Sie, Brillenschleiche.«

»Also entweder heißt es ›Brillenschlange‹ oder ›Blindschleiche‹. Aber nicht ›Brillenschleiche‹.«

»Hör'n Se auf, mich zu verbessern.«

»Ihren Personalausweis, bitte.«

»Was? Warum dat denn?«

»Los. Her damit.«

»Aber warum?«

»Brauch ich. Gib schon her, du.«

»Hier.«

»So, Herr Otzenköttel. Ihre Bahncard ist nicht mehr gültig. Seit sechs Jahren.«

»Oh, da hab ich wohl nicht aufgepasst. Das ist aber …«

»Das heißt, Sie zahlen den normalen Preis!«

»Äh. Können wir das nicht irgendwie anders regeln?«

»Ja, wie denn?«

»Ach, komm schon.«

»Was?«

»Jetzt tu nicht so. Du weißt doch genau, was ich meine.«

»Ja, was denn?«

»Du hast doch nicht umsonst diese geile Uniform an, du …«

»Was wollen Sie denn?«

»Dreh dich mal.«

»Ich bin doch nicht bescheuert.«

»Hallo, hier ist noch mal Ihr Zugchef. Aufgrund einer unplanmäßigen Schafherde im Gleisbett verzögert sich unsere Weiterfahrt um wenige Stunden … es sei denn, ich bretter einfach durch. – Kleiner Scherz. Wir sagen Ihnen Bescheid, sobald die Tiere vorüber sind.«

»Der hat doch wieder gesoffen.«

»Können wir das vielleicht so machen, ich …«

»Warum liegt hier eigentlich so viel Mais rum?«

»Ach so, hier der Typ, der mit den abgeschnittenen Kopfhörern, der wollte, der hat …«

»Aha, aha.«

»… die Dose Mais aufgemacht …«

»So, so.«

»Und dann die Körner ge…«

»Hört, hört.«

»Komm, setz dich doch mal hin. Siehst fertig aus.«

»Na gut.«

»Bis wohin fährst du denn?«

»Nach Hamburg.«

»Nach Hamburg. So wie ich. Dann können wir doch da zusammen … aussteigen.«

»So, hier noch mal ihr Kapitain. Unser Küchenchef empfiehlt heute: selbstgejagten Lammrücken, an Bahndammkräutern, und für unsere kleinen Gäste: Pommes Schranke. Hahaha …«

»Wir könnten noch was trinken gehen.«

»Ja, das wär doch schön. Kennst du Hamburg?«

»Ne. Nur die …, hier wie heißt se?«

»Hier spricht ein letztes Mal Ihr Kapitain: Heute ist echt nicht mein Tag, … heute Morgen hab ich mich schon beim Rasieren geschnitten – dann war das Frühstücksei eine Katastrophe, und jetzt kommt uns auch noch auf unserem Gleis ein Güterzug entgegen … Also, macht's gut! Tschööööööö!«

Deutsche Anglizisten

Gestern wollte ich mir ein neues Handy kaufen. Ich gehe also in den Handy-Laden, da fragt mich der Verkäufer als Erstes, was ich für ein Handy-Typ wäre. Da hab ich gesagt: »DU BIST DOCH DER HANDYTYP. Oder? Ich geh in 'n Handy-Laden, du bist der Typ im Handy-Laden, dann bist du der Handytyp.« Aber er hat mir dann doch eines verkauft, ein Super-Gerät. Mit dem Handy, das ich jetzt habe, mit dem – hat er gesagt – könnte ich tatsächlich weltweit kostenlos fotografieren. Cool, oder? Und dann dachte er auch, er könnte alles mit mir machen, und wollte mir noch ein WLan-Kabel verkaufen. Hab ich gesagt: WLan-Kabel? Hab ich schon!

Ehrlich, so ein Typ, da liest man überall, die Deutschen sterben aus, aber so einen … lassen se laufen. Spacko!

Habe ich gerade wieder gelesen, dass die Deutschen aussterben, also nicht wirklich, aber sie vermehren sich nicht mehr richtig, werden also immer weniger. Die deutsche Frau, hab ich gelesen, bekommt nur noch 1,4 Kinder im Jahr … Nein, im Schnitt. Im Schnitt, ich wusste, irgendwas mit »im«. 1,4 Kinder im Schnitt, das ist verglichen mit Nachbarländern wie Indien oder Pakistan, einfach zu wenig. Und ich habe auch gelesen, woran das liegt, dass die Deutschen weniger werden, und zwar – stand dort – läge das nicht an den bildungsfernen Schichten, sondern an den Bildungsschichten. Die bildungsfernen Schichten vermehren sich

mehr als die Bildungsschichten. Und das ist natürlich dumm …
von den Schlauen quasi. Es ist sogar so, hab ich gelesen, je mehr
sich die bildungsfernen Schichten vermehren, desto mehr werden
die Akademiker weniger. Und zwar werden sie deshalb weniger,
weil sie immer mehr Angst davor haben, Kinder zu kriegen, weil
sie immer häufiger sehen, was daraus wird.

Man könnte es auch so sagen: Die unteren Schichten vögeln
sich den Hartz-IV-Frust von der Seele, berufen sich bei der Ver-
hütung auf den Papst, und den Akademikern ist ein Kind schon
zu viel. Die hätten lieber erst mal ein halbes. Weil sie es ja so
gewohnt sind, dass sie überall etwas Halbes bekommen: Doppel-
haushälfte, Gehacktes halb und halb, halbes Hähnchen, Apfel-
schorle. Hä?

Ich glaube, viele Bildungsschicht-Frauen haben einfach keine
Lust auf Kinder, weil sie die nicht verstehen.

Und das ist ja auch schwierig, man versteht die ja heute kaum
noch, die Jugend. Wenn die …, wenn man heute mal hinhört,
wie die …, die können ja teilweise, wenn die nur den Mund aufmachen, kriegen die ja sprachlich …, können die ja keinen Satz
nicht mehr unfallfrei nach Hause katapultieren. Hab ich kein Verständnis für. Asozial so was.

Ich find's voll schlimm krass schade, wenn ich höre, wie die
deutsche Sprache immer mehr ab am Kacken ist.

Neulich stand ich an der Eisdiele …, nee anders, ich war Eisdiele
gewesen, so, und vor mir stand einer, bei dem ich schon dachte:
Das ist so einer, so ein Cedric-Fabrizio. Und dann sagt der ganz
deutlich: »Isch nehm zweimal Straccella.« Da bin ich woanders
hingegangen. In einer Eisdiele, in der man ohne Kommentar zweimal Straccella bekommt, da esse ich nicht. Da bin ich eigen.

Einmal habe ich etwas Schlimmes in der U-Bahn gehört. Da war
ich U-Bahn gewesen, und neben mir sprach einer mit seinem Handy. Und es war wohl so, die U-Bahn hatte etwas Verspätung, der
Typ, der Handy-Typ quasi, war aber verabredet, und zwar außer-
halb der U-Bahn, vermutlich mit einer ungeduldiger werdenden

Person seiner Bezugsgruppe. Und dann brüllte er irgendwann in sein Sprechfunkgerät: »Ja, aber isch kann misch aber auch nisch schneller beeilen, als wie die Bahn fährt!«

Da bin ich eingeschritten und habe mir den Kollegen mal vorgeknöpft. Habe gesagt: »Pass mal auf, mein Freund, an diesem einen Satz sind mir drei Sachen aufgefallen: Erstens kann man sich nicht ›schneller beeilen‹. Hat er gesagt: »Ja, hab ich doch gesagt, isch kann misch nisch schneller beeilen, als …« – »Das verstehst du nicht. Zweitens: Es heißt nicht ›als wie‹. Und drittens: Warum hast du hier Empfang und ich nicht?«

Ich finde, man muss sprachlich genau bleiben, man darf auch andere auf Ungenauigkeiten hinweisen, wenn man recht hat. Rein sprachlich bin ich ja eh eher ein Ästhet. Ein präzisionsgetriebener Lingual-Gourmet, ein eloquenter Filigran-Berserker. Meine Freundin dagegen hat sprachlich überhaupt kein Gefühl, die hat …, die kann rein vom …, ehrlich da ist nichts. Man darf sie aber nicht darauf hinweisen, sonst wird sie sehr schnell handgreiflich. Wir hatten mal eine schöne Diskussion, die damit anfing, dass ich sie fragte, ob ich ihr eigentlich zu oft unterwegs wäre. Da antwortete sie, na ja, ich wäre schon nicht unoft weg. Da hab ich gesagt: »Häh? ›Nicht unoft‹? Wat soll dat denn sein, ›nicht unoft‹? ›Nicht unoft‹, das klingt doch schon wie … Ich mein, ich sage ja auch nicht …, ja, wat weiß ich. Wenn ich irgendwo bin oder so, dann sage ich ja auch nicht: ›Ja, ne, es war nicht unlecker.‹ Was soll das, ›nicht un‹. Doppelt mal Minus gibt Kosinus, oder was?«

Das wollte sie alles nicht hören und sagte einfach: »Ja, sorry, du hast ja recht.«

Hab ich gesagt: »Ja, sorry, sorry, SORRY, SORRY. Das kannste dir auch mal sparen. Dein Sorry immer. Dein ewiges Gesorrye. Das wollt ich dir immer schon mal sagen. Sorry, sorry, aber ich kriege noch einen Coffee to go, bäh, bäh, bäh. So was kann man auch auf Deutsch sagen. Da kann man sagen: ›ENTSCHULDIGUNG, aber ich kriege noch einen KAFFEE FÜR … to go‹, meinetwegen. Diese ganzen englischen Angli-Dinger hier, diese ganzen englischen, diese fucking Anglizisten, diese fucking … Die solltest du alle mal canceln aus deinem brain.«

»Meeting« sagt sie auch immer: »Oh, ich habe noch ein meeting.« Da kann man auch Treffen sagen.

Oder beim Auto: »Oh, ich habe ein Auto gemietet«, da kann man auch sagen »ich habe ein Auto … getroffen«. Nach einem Unfall zum Beispiel.

Oder »Team«, sagt sie immer: »Wir bilden gerade ein neues Team auf der Arbeit.« Da kann man auch …, wat weiß ich …, »Haufen« sagen. »Wir bilden gerade einen neuen Haufen auf der Arbeit.« Da kann ich mir was drunter vorstellen. Sorry, ich hab noch ein »Team-Meeting«. Nein! »Ich habe ein Haufen-Treffen!«

Da sagte sie: »Ja, an und Pfirsich bin ich ganz deiner Meinung.«

Da bin ich ausgerastet. Hab ich sie gefragt: »Du hast jetzt nicht allen Ernstes ›an und Pfirsich‹ gesagt?« Da sagte sie: »Ja, sichi.«

Da hab ich ihr eine geschallert. Und hab dann gesagt: »Oh fuck, sorry.«

Mike-Tyson-Lied

Ich möchte Mike Tyson
ein Ohr abbeißen
und dann zu ihm sagen: »Och,
jetzt sehn Sie fast so aus
wie van Gogh.«

4. Kapitel

Der Trend-König, Teil II

Hallo, Freaks, Trendscouts und Hinterherhinker!

Ganz neu im Trend sind:
Quartette
Genau: QUAR-TET-TE.

Wie oft denkt man sich:

Mhm, was mach ich jetzt? Was essen, aber wo? Was trinken, aber was? In die Stadt fahren, aber wohin da?

Doch das wird jetzt einfacher, denn jetzt gibt es Quartette für jeden Scheiß, wie zum Beispiel das »Imbiss-Quartett«.

Und so wird's gemacht:
Wenn ihr zu zweit seid und Hunger habt, einfach das Imbiss-Quartett für Ihre Stadt kaufen, und los geht's:
»Pommes Schranke bei Fritten Toni, 2 Euro 60.«
»2,40 im Pfeilergrill.« »Hansa-Export 1 Euro.«
»1 Euro, Stich.«
Wenn du in eine andere Stadt willst, spielst du natürlich »Städte-Quartett«: Einwohner Köln: 1 Million.
Berlin: 3 Millionen Köln: Schulden 3 Milliarden.
Berlin: 57 Milliarden.

Das Tolle daran ist:
Du kannst auch selber ein Quartett erstellen, zum Beispiel von deiner Schule:
»Frau Schreiber, Englisch und Deutsch, Hässlichkeitsfaktor 2.«
»Herr Schulte, Kunst, Hässlichkeit 1+.«

»Sabine Müller, 8c, Oberweite 55.«

»Hm, Judith Winter, 9a, 40.«

»Wann war dat denn? 2004? Na, das würd ich aber mal aktualisieren.«

Aber Vorsicht:

Stiftung Warentest hat herausgefunden: Wenn du mit dem Lehrer »Schulnoten-Quartett« spielst, dann bist du wahrscheinlich auf der Waldorfschule.

Der neue Trend ist:
Logbuch im Web

Also das Weblog. Genau. Das WEB-LOG.

Wie oft denkt man sich:

Mein Gott, meine Meinung, die interessiert doch eh keinen.

Und das stimmt auch. Trotzdem kann jetzt jeder seinen langweiligen Alltag und seine verkorksten Ansichten in die Welt hinausschreiben.

Und so wird's gemacht:

Einfach Weblog eröffnen, abends an den Computer setzen und dann der Reihe nach aufschreiben, was du heute erlebt hast und wie du darüber denkst.

Das Tolle daran ist:

Was und wie du es schreibst, also Form und Inhalt sind völlig dir überlassen. Den ganzen Rechtschreibequatsch aus der Schule brauchst du hier auch nicht. Wenn du dir bei einer Schreibweise nicht sicher bist, wie zum Beispiel bei »Feuilletonisten-Brunch«:

einfach einen fetten Smiley dahinter setzen. Und schon beweist du einen ironischen Umgang mit Sprache.

Aber Vorsicht:
Schreibe nie aus Spaß, dass du morgen als Held vor Allah stehen wirst. Sonst hast du ganz schnell die GSG 9 in deinem Zimmer. Die lesen nämlich alles.

Der neue Trend sind:
Schönheitsoperationen für Tiere
Genau: für TIE-RE.

Wie oft denkt man sich:
Mein Gott, ist meine Töle hässlich. Oder meine Katze. Die ist ja fetter als mein Vatter.
   Doch jetzt kommt Abhilfe, denn jetzt gibt es bei allen Tierärzten die Aktion: »Unser Tier wird schön wie wir.«

Und so wird's gemacht:
Einfach das Tier ins Körbchen sperren und sagen: »Wir machen jetzt eine schöne Reise, und zwar eine Schönheitsreise.«

Das Tolle daran ist:
Du brauchst vom Tier kein Einverständnis. Das wär ja noch schöner. Beim Arzt könntest du dann sagen: »Hier, operieren Sie mal den Magen kleiner, den Schwanz größer, die Ohren puscheliger und das Augenlid straffer. Und machen Sie am besten auch, dass er aufhört zu kacken.« Du könntest natürlich auch selbst ein Tier verschönern: Zum Beispiel in deinem Garten der Nacktschnecke mit der Lupe ein Arschgeweih auf den Rücken brennen.

Aber Vorsicht:
Wenn der Arzt deiner Hündin die Zitzen vergrößern will, dann ist er wahrscheinlich noch perverser als du.

Der neue Trend ist:
Am 11.11. schon so tun, als wäre Weiberfastnacht
Und dann bis Rosenmontag durchfeiern. Genau.

Wie oft fragt man sich:
Mein Gott, wann ist endlich wieder Karneval? Wann kann ich endlich wieder verkleidet saufen?
   Aber das ist doch kein Problem! Am 11.11. beginnt die Session! Also: Fang heute an, und dann hast du vom 11. November bis zum 11. Februar drei schöne Monate, um dich auf die richtig harten Karnevalstage vorzubereiten.

Und so wird's gemacht:
Einfach am 11.11. die Pappnase aufsetzen, »Die Höhner« auflegen und dann ab 11 Uhr 11 die verschiedenen Alkoholika schön zwischen die Ohren gießen.

Das Tolle daran ist:
Du könntest dich jetzt schon in die Liste eintragen, über die du eine neue Leber bekommen könntest.

Aber Vorsicht:
Wenn du wirklich ab dem 11.11. jede Feier und jede Sitzung mitmachst, dann brauchst du die Leber schon Weihnachten. Also: Auch dem Christkind Bescheid sagen.

Der neue Trend ist:

Aus purer Verzweifelung nach Berlin ziehen

Genau: nach Berlin zieh'n. Aus purer Verzweifelung.

Wie oft fragt man sich:

Mein Gott, was mach ich hier eigentlich, in diesem Kaff? Ist ja fürchterlich. Diese Langweiler hier. Ich bin anders. Ich muss hier raus. Ich geh nach Berlin.

Das Tolle daran ist:

Die ganzen Kaputten, Frustrierten und Freaks sind alle schon da und warten auf dich. Und wenn du dann da bist, machst du erst mal zwei Jahre lang mit denen 'ne fette, fette Party.

Und so wird's gemacht:

Einfach zu Hause ausziehen, von Mutti noch zur Autobahnrast-stätte bringen lassen und dann mit einem Pappschild in der Hand die frische Luft der Freiheit einatmen.

Aber Vorsicht:

Nach ein paar Wochen wirst du feststellen: Berlin ist groß. Berlin ist so groß wie euer Kaff klein war. Und wenn du dich verläufst, brauchst du einen Stadtplan. Du hast aber kein Geld mehr. Darum mach am besten direkt deinen Taxischein. Dann weißt du, wo es langgeht, und kannst auch noch deinen Döner bezahlen. Herz-lichen Glückwunsch. Du Freak.

Der neue Trend ist:
Großkonzerne boykottieren

Genau: Großkonzerne boykottieren. Wegen der Globalisierung und so.

Wie oft fragt man sich:
Mein Gott, muss ich immer diese schlechten, vorgebackenen Brötchen essen? Warum lese ich schon wieder die Bild am Sonntag? Aus Ironie? Warum habe ich gestern Abend den Burger gegessen? Und wie hoch war wohl der Lohn für das Mädchen, das meine Klamotten geknüpft hat?

Aber jetzt ist Schluss mit solchen Fragen! Denn ab jetzt gehen wir da alle nicht mehr hin. So.

Und so wird's gemacht:
Einfach morgens nicht mehr in der Bäcker-Kette einkaufen, sondern ein paar Straßen weiter in der kleinen, feinen Vollkornbäckerei. Und auch nicht mehr die große Zeitung mit den wenigen Buchstaben, sondern immer nur Die Zeit. Genau: Die Zeit, das knallige Wochenblättchen für zwischendurch.

Darum jetzt auch das neue Motto:

Nie wieder McDonald's, nie wieder zu Kamps,
nie mehr H&M und nie wieder 'ne Bams.

Das Tolle daran ist:
Man läuft jeden Morgen ein paar hundert Meter mehr, ist nicht mehr so schick gekleidet wie früher, aber das reine Gewissen macht uns von innen schön.

Aber Vorsicht:
Lege dich nie mit einem Großkonzern an. Sonst liegst du irgendwann auf dem Asphalt. Unter deinem Fahrrad. Und es sieht aus wie ein Unfall.

Der neue Trend ist:
Nordic Walking

Aber nicht, was ihr denkt, sondern im Schnee und mit Skiern drunter. Ja genau. Nordic Walking mit Skiern drunter.

Was? Wie, das gibt's ja schon? Langlauf? Ach! Skilanglauf. Ja sicher.

Okay, vergesst es.

Der neue Trend ist:
Nordic Stalking
Genau, also Nordic Walking für Stalker.

Wie oft sagt man sich als Stalker:

Mein Gott, wenn ich Sarah Connor weiter so unauffällig Tag und Nacht verfolge, dann fällt's irgendwann auf.

Doch jetzt kann man sich super tarnen. Nämlich als Sportler. Als Nordic Sportler.

Und so wird's gemacht:

Einfach zwei Skistöcke in die Hand nehmen, debil grinsen und einen auf Alpinist machen.

Und so den ganzen Tag völlig unbemerkt zum Beispiel auch Jeanette Biedermann auflauern. Und wenn sie dich erwischen, einfach sagen: »Ach, dumm di dumm, ich mach Sport.«

Das Tolle daran ist:

Selbst wenn die Security dich erwischt hat und hinter dir her ist, dann könntest du denen immer noch die Stöcke zwischen die Beine werfen. Haha.

Aber Vorsicht:

Nordic Stalking sieht total affig aus. Aber das passt ja dann prima. Ich meine zur Musik. Von der Biedermann. Und der anderen. Egal.

Der neue Trend sind:

Total verrückte Lokalnamen

Genau. Total verrückte Lokalnamen.

Wie oft fragt man sich:

Mein Gott, wie nenne ich denn jetzt meine Kneipe? Welcher Name fällt am meisten auf? Und warum mache ich überhaupt schon wieder eine auf? Sollte aus mir nicht mal was werden? Wollte ich nicht immer in die Wirtschaft? Na ja, gut, dass ich wenigstens ein bisschen BWL studiert habe. Aber wie finde ich jetzt einen coolen Namen?

Das ist jetzt überhaupt kein Problem mehr. Denn jetzt gibt es Kneipennamen für Eilige.

Und so wird's gemacht:

Einfach alle Worte mit der Endung »Bar« aufschreiben – »Bar«, wegen »Bar«, eine Bar –, so, und dann das schönste Wort raussuchen. Und schon stehst du in deiner »WunderBar« oder »SonderBar« oder »UnvorstellBar«. Oder, wenn du aus dem Osten bist, in der »AbhörBar«.

Das Tolle daran ist:

Wenn man keine Lust auf Gäste hat, dann kann man sie auch kurzfristig umbenennen in »FurchtBar« oder »UnzumutBar« oder »BarbapapaBar«.

Aber Vorsicht:

Nenne deine Pinte nie: »Chez bei mir.« Das ist nämlich überhaupt nicht witzig. Du Wirt.

Der neue Trend ist:

Bei Leuten, die man nicht mag, einfach so tun, als hätte man Tourette

Genau, TOU-RETTE. Ihr wisst schon, zwanghaftes Fluchen und so.

Wie oft fragt man sich:

Boah, wie werde ich die bloß wieder los? Oder den, diesen stinkenden Typen mit der Zahnspange im Maul?

Doch jetzt kommt Abhilfe, denn jetzt gibt es Tourette für jedermann.

Und so wird's gemacht:

Wenn du beim allerersten Treffen mit deiner Chat-Bekanntschaft merkst, die SCHEISSE Frau ist ARSCH überhaupt nicht dein Typ, einfach SAUSACK einfach plötzlich so tun, als würdest du unkontrolliert Schimpfworte FUCK YOU Schimpfworte deiner Wahl aussprechen müssen.

Das Tolle daran ist:

Du kannst dich auch auf ein Spezialgebiet festlegen TOR, zum Beispiel FUSSBALL-TOURETTE. Was Frauen erfahrungsgemäß GEHALTEN am meisten abschreckt, ist die Vorstellung, dass ihr Freund ELFMETER IN LEVERKUSEN beim Abendessen oder beim Sex NEIN, DEN MUSS ER REINMACHEN Aussprüche aus Fußballreportagen schreit.

Aber Vorsicht:

Versuche nie, bei den Leuten von der AntiFa so zu tun, als hättest du NAZI-TOURETTE. Sonst werden sie dich ganz schnell eliminieren, UND ZWAR RÜCKSICHTSLOS.

Der neue Trend ist:
Alles zu eBay

Genau. Schon am ersten Weihnachtsfeiertag alle seine Geschenke bei eBay reinsetzen.

Wie oft denkt man sich an Weihnachten:
Mein Gott, was 'n Schrott. Das darf ja wohl nicht wahr sein, was sie mir da wieder für einen Krempel geschenkt haben! Das braucht doch keine Sau. Mit dem Katzen-Kalender könnte ich ja noch nicht mal bei der Omma punkten, wenn ich eine hätte. Doch das ist alles nicht so schlimm. Denn du kannst alles sofort an den Höchstbietenden verscherbeln.

Und so wird's gemacht:
Einfach alle Sachen auspacken, schön aufstellen, fotografieren und ab damit ins Online-Auktionshaus. Wenn Mutti fragt: »Was machste denn da?« Einfach sagen: »Ach, ich finde die Sachen so schön, jetzt sollen auch meine Freunde sehen, was ich Tolles bekommen habe.«

Das Tolle daran ist:
Die Sachen sind alle nagelneu, original verpackt, und wenn ein Karton dabei ist, brauchst du nicht mal mehr einen weiteren Karton. Also zum Verschicken.

Aber Vorsicht:
Wenn Mutti mitkriegt, dass du die Sachen verschickst, dann brauchst du eine gute Ausrede.

Dann sag einfach: »Ach, meine Freunde fanden die Sachen so schön, dass sie die jetzt auch mal anfassen wollten.« Du ausgefuchste Sau.

Der neue Trend ist:

Fürs neue Jahr nur schlechte Vorsätze haben

Genau: nur schlechte.

Wie oft fragt man sich:

Boah, wozu diese ganzen guten Vorsätze? Weniger Saufen, mehr Sport, früher ins Bett gehen, die Freundin in 'n Arm nehmen ohne Hintergedanken. Das hält doch eh wieder keine Woche. Oder jeden Monat Obst essen, wie soll man das denn schaffen?

Doch jetzt kommt Abhilfe, denn jetzt machst du genau das Gegenteil.

Und so wird's gemacht:

Einfach sagen: »Im neuen Jahr, da werde ich mehr saufen, kaum noch Sport treiben, das Rauchen anfangen und dreimal so viel onanieren. Außerdem gehe ich öfter zu McDonald's und esse jeden Abend eine große Schachtel Merci.«

Das Tolle daran ist:

Jeder dieser schlechten Vorsätze macht riesigen Spaß.

Und wenn du mal einen Vorsatz nicht durchhältst, dann ist es auch gut für deinen Körper. Du hast so oder so ein gutes Gefühl. Du hast dich quasi selber ausgetrickst. Man nennt das auch »Autopsychosuggestion«. Also Selbstverarsche.

Aber Vorsicht:

Stiftung Warentest hat herausgefunden: Schlechte Vorsätze sind total ungesund.

Hast du einen Trend verpennt, Johann fragen, Danke sagen.

5. Kapitel

Was sich mit Hilfe geschmeidiger Phantasie bei dem Anblick einer Zimmerpflanze entwickeln kann, wann das Olfaktorische über Leben oder Tod entscheidet und warum man seinem vierzehnjährigen Sohn frühzeitig das Handy klauen sollte

Kürzlich las ich in der Zeitung,[6] dass sich durch die unentwegte Verschickung von Kurznachrichten mit dem Mobiltelefon die Region im menschlichen Gehirn, die für die Funktion des rechten Daumens zuständig ist, in den letzten Jahren auffällig vergrößert hat. Ein Wahnsinn. Die Region, die vorher stecknadelgroß gewesen ist, ist nun – genau – daumendick. Irre. Ob das die Evolutionsforscher in eintausend Jahren in Zusammenhang bringen?

Mein Mobiltelefon liegt immer auf meinem Nachttisch.

Und einmal klingelte es mitten im Traum. Ich fuhr gerade mit dem Fahrrad zum Kiosk. Die Ich-Person im Traum dachte: *Aha, das ist bestimmt das echte Telefon an meinem Bett, das jetzt wirklich klingelt und von mir unbewusst und spontan in diesen Traum eingebaut wird. Darum werde ich wohl gleich wach werden und rangehen und kann bis dahin in Ruhe weiter Fahrrad fahren.* Und wegen dieser Gedanken ging ich im Traum nicht ans Telefon, und weiß so bis heute nicht, wer mich anrief.

---

[6] *Dieser einleitende Satz ist ersetzbar durch: Neulich sagte jemand im Fernsehen / Letztens erzählte mir ein Bekannter / Gestern hörte ich im Radio.*

Tanzen mit Pflanzen

Die fleischfressende Pflanze, die bat mich mal zum Tanze,
wir tanzten lang, wir tanzten viel, ich hielt mich fest an ihrem
Stiel,
und mir gefiel das Ganze.

Ich dachte, ob ich mit ihr red und frage, wie es ihr so geht,
da fragt sie mich, ob ich sie küsse, ich fragte, ob das seien müsse,
doch da war's schon zu spät.

Der Kuss war nicht besonders zart, doch mir gefiel die harte Art,
wir küssten lang, wir küssten viel, ich hielt mich fest an ihrem
Stiel,
bis ich um Gnade bat.

Doch sie, sie war nicht abzubringen, es entstand ein zähes Ringen,
wir rangen lang, wir rangen viel, ich zog ganz fest an ihrem Stiel,
ihre Lippe überlappte
die meine und ich schnappte
nach Luft und mir wurd schwarz vor Augen,
doch sie, sie musste weiter saugen,
bis ich sie schließlich kappte,
mit einem Küchenmesser,
und plötzlich ging's mir besser.
Nur ihr bekam die Kappung nicht, sie sah mich an und krümmte
sich,
es tropfte schleimigweißer Saft, unten raus aus ihrem Schaft,
war ganz schön ekelich.
Traurig über meine Tat ich sie zum letzten Tanze bat,
wir konnten uns nun frei bewegen und durch die ganze Wohnung
fegen,
wir tanzten lang, wir tanzten viel, ich hielt sie fest an ihrem Stiel,
um sie dann hinzulegen.

Plötzlich kam meine Frau herein und fragte: was soll das denn sein,
wenn's fertig ist, perverses Schwein, das müsste in die Zeitung rein,
mich seit Jahren ignorieren, und dann mit Grünzeug kopulieren.
Du gehörst in Therapie, das ist ja fast schon Sodomie.

Und so landete der Exzess am Ende wirklich im Express:
Mann aus Köln, verheiratet, treibt's mit einer Pflanze.
Erst gestutzt und dann benutzt, auf Seite drei die ganze
Geschichte. Ach, was wisst ihr schon von Liebe und vom Tanze,
Für mich lautet die Überschrift: Botanische Romanze.

Berlin, Charité

Seit zwei Wochen bin ich jetzt schon in Berlin, und ich merke immer mehr, wie sich über die Zeit die Eindrücke der Stadt tiefer und tiefer in mein Unterbewusstsein bohren, um mich dann des Nächtens zu behelligen.

Vor zwei Tagen, es war gestern Nacht, da habe ich tatsächlich geträumt, dass ich nachts auf dem Dach der Charité stehe, und den Accent über dem »e« abschraube.

Das muss man sich einmal vorstellen. In dem Traum hatte ich meinen Werkzeugkasten dabei. Das hat mich aber nicht weiter gewundert, ich habe immer meinen Werkzeugkasten dabei, wenn ich nachts unterwegs bin. Wie oft hört man nachts jemanden rufen: »Hallo. Hallo, hat einer 'nen Dreizehner-Schlüssel dabei?« Dann warte ich eine Weile, hole ihn irgendwann heraus, und das ist immer ein Hallo … als hätte ich Toffifee ins Spiel gebracht.

Auf jeden Fall hatte ich den Accent nun in den Händen, und er war tatsächlich genauso groß wie ich … ihn mir vorgestellt hatte.

Ja, und dann hab ich überlegt, was ich damit machen könnte, und dachte: *Ach, machst du eine Küchenlampe draus. Kabel sind ja dran, baust du eine Küchenlampe draus, ein schöne Accent-Küchenlampe, die überm Esstisch hängt.* Und wenn dann Besuch kommt zum Essen, dann würden die sagen: »Johann, lecker … war's ja nicht, aber 'ne schöne Küchenlampe haste.«

Ich habe dann überlegt, wie ich da wieder runterkomme, vom Dach, bin auf die andere Seite gegangen, da stand noch mal Charité, hab ich da den Accent auch noch abgeschraubt, ich mach ja keine halben Sachen.

Und jetzt hatte ich also unter jedem Arm einen Accent, und dann dachte ich: *Jo, jetzt kannste auch einen runterwerfen. Dann weißte auch ungefähr, wie hoch du bist.* Ich wollte also einen runterwerfen, die Sekunden bis zum Aufprall zählen, und daraus dann die Entfernung errechnen. Einfach Pi mal Daumen.

Dann bekam ich aber doch Bedenken, dachte: *Oje, nachher triffst du einen. Nachher triffst du einen mitten auf den Kopf. Und so etwas kann natürlich schnell mal den Falschen treffen.*

Doch dann dachte ich: *Na ja …, es kann aber auch den Richtigen treffen.* Ich stellte mir eine Dankesanzeige in der Zeitung vor:

Er war uns allen eine Last,
dann hat ihn der Accent erfasst!
Herzlichen Dank, die Familie

Oder, wenn ich den I-Punkt runterwürfe:

Er wollte grad die Wende,
der I-Punkt war sein Ende!
In aufrichtiger Abneigung, Beate

Das war mir dann alles doch zu riskant, darum wollte ich beide wieder ankleben, aber – um einen kleinen Spaß zu machen – nicht als Accent aigu, sondern als Accent grave, also genau falsch rum. Und wenn die Berliner dann hochguckten, dann würden die sagen: »Guck mal, da oben, na, fällt dir was auf? Nein? Mir auch nicht.«

68

Irgendwann bin ich dann schweißgebadet aufgewacht, habe mich in ein Taxi gesetzt und habe gesagt: »Bringen Sie mich sofort in die Charité …«

Da fragte der Taxifahrer: »Woher wissen Sie das schon?«

Und wenn ihr morgen feststellt, dass die Gedächtniskirche wieder aufgebaut ist, dann wisst ihr auch, was ich geträumt habe.

Mechanische Liebe

Ich traf sie an der Linde,
wir gingen in die Laube,
sie war das Gewinde,
und ich, ich war …

Die blinde Taube, die auch noch schlecht roch

oder: Wie der Ausdruck »zum Himmel stinken« entstand.

Es war einmal eine blinde Taube. Sie lebte in einem großen Park inmitten einer riesigen Stadt. Eines Morgens erhob sie sich und ging hinaus auf die große, grüne Wiese.

Die Taube war etwas klein, dürr, man könnte auch sagen mickrig, und sie konnte weder hören noch sehen. Das war ihr schon vor langer Zeit vergangen. Doch trotz ihrer Behinderungen verfügte sie über einen untrüglichen Orientierungssinn, was ihr den Spitznamen TomTom einbrachte. Und so fand sie auch immer genügend zu fressen, getreu dem alten Sprichwort: »Auch eine blinde Taube findet immer genügend zu fressen.« Es wäre auch alles gut gewesen, machte nicht just zu dieser Zeit eine übellaunige Bande befeindeter Vögel mobil: Die Konkurrenten der Tauben, die Elstern und Stare, hatten genug von der Taubenplage. Und so machten sie sich auf, die blinde Taube zu suchen.

Sie wollten etwas tun gegen die »verfressenen Ratten der Lüfte, die uns die Luft zum Atmen nehmen«.

Als sie die blinde Taube – nennen wir sie der Einfachheit halber einfach mal Blindi – ausfindig gemacht hatten, verfolgten sie einen perfiden Plan:

Sie lockten sie mit Brotkrumen in eine nestartige Höhle, und dort servierten sie ihr die leckersten Leckereien: frische Brötchen, Sonnenblumenkerne, Croissants, Rührei mit Speck, Chips und Schokolade. Dabei umhegten und betüttelten sie Blindi nach Leibeskräften, machten ihr Komplimente, lasen aus der Blindenschrift vor und so weiter.

Blindi, die nach der Volksschule direkt geheiratet hatte und später durch einen Autounfall erblindet und ertaubt war, und daraufhin von ihrem Mann, einem Postboten, verlassen worden war (er wollte nur eben mal einen Brief wegbringen), unsere Blindi also, nicht die Hellste und vom Leben gebeutelt, war so überwältigt von der Fürsorge der Artgenossen, dass ihr ganz schwindelig wurde. Zum ersten Mal in ihrem Leben hatte sie das Gefühl, schön und liebenswert zu sein.

Dann setzten die Elstern und Stare noch einen drauf: In einer kleinen Zeremonie wählten sie Blindi zur Miss Taube, ach, was sag ich, zur Miss Vogel, ja, zum schönsten Vogel Deutschlands, also zum Bird Germany. Anschließend setzten sie ihr eine winzige Krone auf und hingen ihr eine Schärpe um den Hals mit der Aufschrift: »Haltet eure Städte sauber, esst mehr Tauben.«

Dann flogen sie davon. Immer noch ergriffen und beseelt vom Einsatz der Vogelfreunde ging Blindi ihrer Wege. Nach einer guten halben Stunde, vielleicht aber auch schon nach zwanzig Minuten – das spielt keine Rolle, sagen wir nach einer dem Leser realistisch erscheinenden Zeitspanne, begegnete unsere stolze Taube einem Blindenhund. Entschuldigung: Begegnete unsere stolze Taube einem blinden Hund.

Der Hund lief auf sie zu, und beinahe wären sie zusammengestoßen. Er war gar nicht so bedrohlich, wie er sich zunächst angehört hatte. Und zum Glück konnte er die Aufschrift auf ihrer Schärpe nicht lesen. Sie scharwenzelten umeinander herum und beschnupperten sich ein bisschen. Dann hielten sie Inge, nein, sie hielten inne. Oder doch: Dann hielten sie Inge, die gerade vorbeikam, die Tür auf. Die Tür zur Hölle.

Sie schauten sich an, zumindest sah es so aus, und es war Liebe auf den ersten …, also es war auf jeden Fall Liebe.

Doch ihr Glück war nur von kurzer Dauer, denn schon bald nahte der Besitzer des Hundes, ein hungriger Stadtstreicher. Ein sehr hungriger Stadtstreicher.

Er sah die Taube, las die Aufschrift auf ihrer Schärpe, und in seiner Phantasie war sie schon jetzt ein gebratenes Hühnchen. Er nahm sie, legte sie auf den Rücken und holte sein großes scharfes Messer.

Er wollte gerade damit beginnen, sie nach Stadtstreicher-Art auszuweiden, als ihm ein unangenehmer Geruch in die Nase fuhr. Die Taube müffelte. Sie roch übel. Sie roch noch schlechter als er selbst. Sie verbreitete einen Gestank, den er später als nie für möglich gehaltene olfaktorische Zumutung beschreiben sollte. Er hatte schließlich mal Abitur gemacht.

Er konnte sie unmöglich essen. Dabei hatte er solchen Hunger. Und es war schon acht.

Ihr fieser Gestank schien unsere tapfere Blindi tatsächlich vor dem sicheren Tod zu bewahren. Doch da hatte sie die Rechnung ohne den Jähzorn des Stadtstreichers gemacht.

Wütend packte er sich die Schönheitskönigin, rief »die stinkt ja zum Himmel« und warf sie in hohem Bogen vor eine Mauer. Von dort prallte sie ab und flog direkt in den Taubenhimmel.

Und so entstand das geflügelte Wort: »zum Himmel stinken« und gleichzeitig der Begriff: »das geflügelte Wort«.

Nachsatz: Dass der Stadtstreicher später seinem erblindeten Kollegen ein Schild mit der Aufschrift: »Haltet eure Städte sauber, esst mehr Stadtstreicher!« um den Hals gehängt hat, ist nichts weiter als ein böses Gerücht.

Das Bus-Lied, das so noch nie gesungen wurde.

Ich leb auf hunderttausend Quadrat,
und ich kann euch sagen, das ist wirklich hart,
denn zur Küche oder ins Bad
fahr ich immer mit dem Rad,
und im Winter, das ist kein Stuss – da fahr ich mit dem Bus.

Meine Frau sehe ich im Winter jeden Tag,
und zwar jeden Morgen auf dem Weg ins Bad,
da kriegt sie immer einen Kuss,
denn sie fährt den Bus,
und ich glaube, sie macht es gerne – denn sie winkt schon aus der
Ferne.

Meistens kann ich meinen Fahrausweis nicht finden,
dann sagt sie: Na, dann komm' Se ma' mit nach hinten,
Dann müssen alle warten, doch das ist nicht schlimm,
in unsrem Bus ist ja sonst eh keiner drin,
und ich weiß, unsre Liebe währt, – solang sie mich fährt.

Beruflich und privat müssen wir leider trennen,
darum darf ich erst nach Dienstschluss mit ihr pennen.
Das ist so abgemacht,
doch keiner hält sich dran,
denn ich fasse sie an, wann immer ich kann.

Im Sommer immer alleine mit dem Rad,
da hatt ich schon nach dem ersten Sommer kein Bock mehr drauf,
darum hab ich ihr jetzt spontan eine Rikscha gekauft,
und die großzügig auf ihren Namen getauft,
und jetzt sag ich, wenn ich einsteig immer aus Spaß –
Fiffi, Fiffi, gib Gas.

Fiffi liebt ihren Job, sie kommt rum und bleibt fit,
und wo immer ich stehe, sie nimmt mich mit,
und ich liebe sie, ihre Art zu fahr'n,
ihre knackigen Waden mit den wehenden Haar'n.

Ich weiß, ich liebe einzig diese Frau,
auch wenn sie fährt wie 'ne gesengte was weiß ich.

Sie brettert ohne Ende über mein Gelände,
und ich weiß, unsre Liebe währt, weil sie mich fährt.

Dialog zwischen Vater und Sohn

Ich selber gucke ja sehr viel Fernsehen. Fernsehen ist 'ne tolle
Sache, wenn man damit umgehen kann. Das ist aber nicht so einfach. Es gibt einfach zu viele Sender, allein von ARTE gibt es schon
drei Sender: ARTE, ARTE Info und ARTE Uhse.

Auf jeden Fall habe ich mal etwas gesehen im Fernsehen, das
mich sehr beeindruckt und sogar inspiriert hat[7]. Es war eine Bera-
tungssendung, und zwar ging es um einen Ernährungsberater, der
in deutsche Kühlschränke guckt, und dann den Familien sagt, was
man davon essen kann.

Da kommt also dieser Ernährungsberater zu Familie – wat weiß
ich – Familie Moppel, macht den Kühlschrank auf und sagt: »Oh,
oh, oh, das ist aber …, da kann man ja kaum …, das ist aber
mutig.

Wir fangen mal bei den Getränken an: Allein hier in der Sprite
sind schon einhundertachtzigtausend Stück Würfelzucker. Sagt
die kleine Chantal: »Ich trink sowieso lieber Fanta.« Und alle gucken den Ernährungsberater an und hoffen, dass das besser ist.

---

[7] *Falsch ist, dass allein die tätigkeitsungebundene Langeweile in die Kreativität führt. Das
widerlegt der Autor hier eindrucksvoll.*

Dann gibt der noch ein paar Geheimtipps und sagt: »Gemüse ist gesund, in Butter ist total viel Fett drin, und Milchschnitte ist eigentlich nur Dünnpfiff mit Honig.«

Daneben steht noch der Sohn Sören. Sören Moppel. Vierzehn Jahre, siebzig Kilo. Sieht auf den ersten Blick ein bisschen übergesichtig aus. Also, man hat immer das Gefühl, als hätte er noch ein Übergesicht, das er abziehen kann. Für den Fall, dass Besuch kommt.

Man ist geneigt zu sagen, er ist seinem Vater wie aus dem Bauch geschnitten.

Sörens Problem mal in einem Satz: Sören kennt keine Möhren. Sören ist ein typisches Stadtkind, d. h. er malt die Kühe lila, glaubt, dass man aus Fritten Kartoffeln macht, und wenn man Sören sagen würde, dass die Eier den Hühnern aus dem Arsch fallen, dann würde er vermutlich nie wieder Eierlikör trinken.

Dann gibt es eine Computer-Animation, die zeigt: Wie wird der Sohn in fünf, zehn und zwanzig Jahren aussehen, wenn der so weiter isst. Alle erschrecken sich, die Mutter fängt an zu weinen und merkt dann: Mit dem, was man da sieht, ist sie schon lange verheiratet.

Sören hat natürlich auch ADHS. Also Aufmerksamkeitsdefizit-Syndrom mit Hyperaktivität. Das heißt, er bekommt jeden Morgen eine Pulle Ritalin in den Nacken gejagt. Was Sören am liebsten macht, er haut am liebsten seiner Schwester Chantal mit dem Holzklotz aufm Kopp rum. Einfach, weil ihn das Geräusch beruhigt, das sie dann macht.

Und genau an diese Szene knüpft jetzt der Text an, den ich geschrieben habe, Sören haut seiner Schwester Chantal mit einem Holzklotz aufm Kopp rum, der Vater kommt dazu, spricht Sören an, und es entsteht folgender Dialog:

Vater: »Sörn, hör sofort auf, dat Chantall mitm Holzklotz aufm Kopp rumzuhauen!«

Sören: »Nehalassmichpenner.«

Vater: »Sörn, hör sofort auf, dat Chantall mitm Holzkopp aufm Klotz rumzuhauen!«

Sören: »Aber ich hab die gefragt. Du Opfer.«

Vater: »Sörn, wenn du nicht sofort aufhörst, dat Chantall mitm Klotz aufm Kopp rumzuhauen, dann gibt's eine Woche keine Alkopops!«

Sören: »Boah, das ist fies. Das ist voll fies jetzt. Wenn du das machst, dann sag ich der Mama, dass du dir am PC einen runterholst!«

Vater: »Haha, woher, ich meine, wie willst du das beweisen?«

Sören: »Die Mama soll einfach mal drauf achten, wenn du am PC warst. Oft ist es dann so: Die Maus liegt links.«

Vater: »Haha, das beweist noch gar nichts, Maus links!«

Sören: »Ja, darum hab ich ja alles auch schön mit dem Handy aufgenommen.«

Vater: »Das hast du nicht gemacht!? Handy her, sofort Handy her! So, das war's dann wohl, Löffel-Rotz.«

Sören: »Darum hab ich ja zur Sicherheit auch alles schön bei You-Tube reingestellt.«

Vater: »Was hast du?«

Sören: »Ja, wenn du bei YouTube ›Handbetrieb‹ eingibst, dann kommst du sofort.«

Vater: »Handbetrieb?«

Sohn: »Ja, ›Handbetrieb im Randgebiet‹ heißt der Clip.«

Vater: »Ich glaube kaum, dass sich die Mama Sachen bei YouTube anguckt. Glaube nicht, dass die das überhaupt kann.«

Sohn: »Ach, ich weiß nicht. Immerhin schafft sie's auch, bei eBay getragene Höschen zu verkaufen …«

Vater: »Was?«

Sohn: »Ja, hast du selber schon mal ersteigert. Höschen von deiner eigenen Frau. Du bist so krank.«

Vater: »Jetzt pass mal auf, mein Sohn …«

Sohn: »Ach ja, noch was: Ich bin nicht dein Sohn.«

Vater: »Was?«

Sohn: »Ich war gestern mit Mama bei Oli Geissen und der hat rausgefunden: Onkel Werner ist mein Vater.«

Vater: »Nein!«

Sohn: »Doch. Aber, Alter, jetzt leg die Knarre weg, die ist nicht entsichert. NEIN …«

Eheproblem in der Antarktis

Der Eskimo ist böse,
auf seine Eskimöse.
Obwohl er wirklich ganz gewiss
der allerbeste Fischer ist,
geht sie in ein Lädchen,
und kauft Fisch als Stäbchen.
Im Iglu Fisch von Iglo essen,
hielt er nicht für angemessen.
Er konnte Fischstäbchen nicht leiden,
sie fand es fies, Fisch auszuweiden.
Doch wie's im Leben nun so ist,
sie fanden einen Kompromiss,
und ließen sich scheiden.
Und statt der Eskimöse,
hat er heut 'ne Friseuse,
die ihm sowohl die Haare pflegt,
als auch gerne Fisch zerlegt,
Und die Moral für euer Hirn,
Scheidung kann sich echt rentieren.

Gott sieht fern

Gott ist mal wieder total langweilig. Er weiß partout nicht, was er machen soll. Und so sitzt er rum und betrachtet die Welt. Und ganz besonders sein »Baby«, den blauen Planeten. Mit seinem Fernglas kann er mittlerweile durch das Ozonloch hindurch bis auf die Erdoberfläche sehen. *Ganz schön praktisch, dieses Ozon*, denkt er süffisant.

Doch dann wird er wehmütig. Er denkt zurück an den Anfang, an die Zeit, in der sein Experiment begann. Und das Experiment Erde hatte so schön begonnen: Mit dem krass lauten Urknall, ausgerechnet an Silvester. Mit den fünf Elementen, den ersten Lebewesen, … – gut, bei den Dinosauriern ist damals etwas schiefgegangen. Dabei weiß er bis heute nicht, welcher Fehler ihm damals unterlaufen ist. Und dann gab es ein paar Kleinigkeiten, wie die dumm geschalteten Synapsen bei den Lemmingen zum Beispiel. Aber im Großen und Ganzen lief doch alles ganz prima. Bis sich diese Affen zu Menschen entwickelten. Da hat er gepennt. Da hat er verdammt nochmal nicht aufgepasst, da hätte er am Ball bleiben und genau beobachten müssen. Von da an ging es bergab. Klar, die Hoffnung war groß, dass sein Sohn alles wieder in Ordnung bringen würde. Aber da haben ihm diese Berserker ja dann einen blutigen Strich durch die Rechnung gemacht.

Gott legt sein Fernglas auf das Beistelltischchen und überlegt: *Was mach ich bloß mit diesem nervigen Haufen?*

Aus reiner Langeweile schaltet er den Fernseher an, um sich ein bisschen abzulenken. Doch was ihm da beim Zappen in sein allmächtiges Gehirn dröhnt, das gibt ihm endgültig den Rest:

»Und nun die Nachrichten: Reinhard Mey und Peter Lustig haben geheiratet. Die beiden Latzhosen …«

»… nach einer Untersuchung des genetischen Forschungsinstituts für Genetikforschung sind Verona Pooth und das Klon-Schaf Dolly genetisch fast identisch. Nur ein winziger Gendefekt entscheidet darüber, ob …«

Gott schaltet um auf Phoenix. Dort wird gerade eine Bundestagsdebatte übertragen. Um den Klimawandel einzudämmen, wollen die Grünen ein Gesetz verabschieden, das das Verbot von herkömmlichen Glühbirnen erlaubt. *Ihr seid mir auch ein paar Birnen*, denkt da der Allmächtige.

Er schaltet wieder um, sieht eine Werbung für Schokoladenosterhasen und ruft Jesus zu sich: »Guck mal, mein Sohn, die Idioten schenken sich wieder Eier, weil du damals ans Kreuz genagelt wurdest.«

Darauf Jesus: »Ich weiß. Die sind krank. Ich hab die persönlich kennengelernt, wie du weißt. Das sind geistige Wackelkandidaten, das hab ich dir immer gesagt. Du musst damals irgendeinen Fehler gemacht haben bei der Krone der Schöpfung. Ehrlich. Die schenken sich Eier, die ein Hase bringt. Das ist so krank!«

Jesus geht, Gott will gerade wieder umschalten, da kommt ein Bericht über den Papst. Seinen Stellvertreter. Er bleibt dran. Papst Benedikt scheint völlig am Rad zu drehen. Er verbietet jetzt nicht nur Schwule und Kondome, Lesben und Pille, Onanie und Pornographie, Sex zwischen schwarz und weiß, gelb und braun, Sex im Fernsehen, im Freien und in der Küche, sondern ab sofort auch im Bordell.

Gott vergeht das Lachen. Er flucht.

»Hast du eigentlich noch alle Latten im Zaun? In Afrika Kondome verbieten und in Köln Homosexualität? Und morgen verbietest du im Wald die Bäume, oder wie? Hast du jetzt völlig einen an der Klatsche? Du armseliger, debiler Armleuchter.«

Gott ist außer sich vor Wut und haut mit der Faust voll auf Bayern. Leider ist der Papst gerade zu Besuch in Afrika.

Gott beruhigt sich wieder. »So, Leute, jetzt ist Schluss, die Scheiße guck ich mir nicht mehr länger an. Bis ihr euch selbst vernichtet habt, das dauert mir zu lang. Ich mach jetzt Feierabend mit euch!!!«

Gott setzt sich hin und fasst folgenden Plan: Er betrachtet sein Experiment als gescheitert und will der Erde innerhalb von sieben Tagen den Garaus machen …

1. Tag: Mit Petrus' Hilfe erhöht Gott die Temperatur auf der Erde überall um zehn Grad. Das führt dazu, dass jetzt nicht nur Flüchtlingsströme aus Afrika nach Europa unterwegs sind, sondern auch vom schmelzenden Grönland nach Skandinavien und von Holland nach Deutschland. »Gut, dass die meisten Holländer ihr Haus dabeihaben«, scherzt Peter Lustig aus seinem Bauwagen.

2. Tag: Gott ist jetzt schon total genervt von den zähen Burschen da unten. Außerdem hat er nicht bedacht, dass viele von denen in den Himmel kommen würden. Der platzt mittlerweile aus allen Nähten. Jetzt steht Peter Lustig bei Petrus und will rein. Doch der sagt, er könne ihm lediglich einen Platz in der Hölle anbieten, ansonsten müsse er hier auf dem Flur warten. »Peter Lustig in die Hölle? Das kann nicht sein«, ruft da der frisch eingeflogene Reinhard Mey. Sein »Über den Wolken« bekommt hier oben eine ganz neue Bedeutung. Auch er will nicht in die Hölle und diskutiert mit Petrus.

3. Tag: Gott will die Sache möglichst schnell beenden. Er nimmt die Erde in beide Hände und schüttelt sie kräftig durch. Dann legt er sich ins Bett.

4. Tag: Alle sind tot, außer Frau Pooth. Getreu dem alten Sprichwort: »Die Dümmsten werden die Letzten sein.« Gott überlegt, wie er die dusselige Kuh auch noch aus der Welt schaffen

kann. Er hat noch drei Tage Zeit. Dann hat er die Idee: er will noch einmal ein eigenes Kind auf die Erde schicken. Diesmal keinen Sohn, um die Menschheit zu retten, sondern eine Tochter, um sie auszurotten. Als mögliche Mutter kommt allein Frau Pooth in Frage. Und als Vater? Da sieht Gott, dass doch auch noch ein Mann überlebt hat: Johannes Heesters. Der alte zähe Knochen. Er irrt durch die verwüstete Landschaft und sucht das Maxim.

5. Tag: Nach einer Express-Schwangerschaft von einem Tag kommt es zu folgender Szene: ein Schaaf blökt, Heesters singt, und Verona Pooth gebiert ein Kind: Jesa!

6. Tag: Nach einer Express-Entwicklung ist Jesa bereits erwachsen. Und bei ihr will Gott nicht den gleichen Fehler machen wie bei Jesus. Damit ihr nichts passiert, soll sie unverwundbar werden. Dazu muss sie einmal kurz mit ihrem ganzen Körper im Blut des Teufels baden. Gott fragt ihn: »Ey, kann ich mal 'ne Badewanne voll mit deinem Blut haben? Für meine Tochter …«
»Och, nöö.«
»Ach komm, nur 'ne Wanne voll.«
»Na gut.«
»Danke. Sehr freundlich.«

7. Tag: Jesa läuft gerade durch einen Wald und sammelt Beeren. Ein Wolf ist auch in der Nähe, findet sie aber nicht. Jesa steht nun vor der großen Wanne mit dem Blut des Teufels. Gott zwinkert ihr zu, ein Dornbusch fängt an zu brennen und Jesa weiß Bescheid. Sie zieht sich aus, steigt in die Wanne, setzt sich hinein, muss nur noch ihren Oberkörper eintunken in des Teufels roten Saft, ihr freier Rücken glänzt verführerisch in der Abendsonne, da plötzlich fällt, wie aus heiterem Himmel, eine Linde auf sie nieder und bricht ihr das Genick.
»Scheiße, Scheiße, Scheiße«, schreit Gott. »Welcher Vollidiot hat denn jetzt die Linde umgeschmissen?«

»Oh, sorry, Gott«, sagt der Teufel, »ich hatte plötzlich Schiss, dass sie dann auch mich besiegen könnte, wenn sie unverwundbar ist.«

»JA, UND?«

»Und darum wollte ich ein Lindenblatt auf ihren Rücken fallen lassen, damit sie wenigstens dort eine kleine verwundbare Stelle hat.«

»Die Idee ist aber auch nicht von dir, oder?«

»Ne. Ist von Hagen.«

»Von dem von Hagen? Von den Körperwelten?«

»Ne, von Hagen. Nicht von von Hagen. Von Hagen. Dem aus den Nibelungen.«

»Ach so. JA, UND WEITER?«

»Na ja, und dann hab ich an der Linde gerüttelt.«

»UND DANN?«

»Und dann habe ich gemerkt, dass die Linde noch gar keine Blätter hat.« »WAS?«

»Und da hab ich Panik bekommen und schnell den kompletten Baum auf sie draufgeschmissen.«

»Du Vollhorst. Du elendiger, nichtsnutziger, armseliger VOLLHORST!«

»Reg dich ab, mein Gott.«

»Scheiße. Scheiße. Scheiße.« Jesa liegt unverwundbar, aber tot in der roten Wanne. Jesus kommt zu Gott ins Zimmer. Er hat alles gesehen.

»Ey, Alter, was machst du denn mit meiner Schwester?«

»Ja, sorry. Ich weiß auch nicht … ah, da ist sie schon.«

»Hey Jesa. Welcome to heaven!«

»Hey, ihr glaubt ja nicht, was mir passiert ist. Ich wollte gerade in die Wanne steigen, da fiel …«

»… eine Linde auf dich, wissen wir.«

8. Tag: Gott muss umdisponieren. Er gibt Johannes Heesters und Verona Pooth jeweils ein Schwert. Dann sollen sie mit aus-

gestreckter Waffe gegenseitig in sich hineinlaufen. Auch eine Idee aus den Nibelungen. Gott verspricht ihnen den Himmel dafür. Leider verstehen beide nur Bahnhof. Heesters aus akustischen Gründen. Aber dann kommt es doch noch zum Showdown. Heesters haut mit letzter Kraft auf Frau Pooth ein. Doch was ist das: Als er ihr den Kopf abschlägt, sind da sofort zwei neue. Und dann wieder und wieder. Verona Pooth mit achtzig Köpfen. Und alle reden. Und ihre Stimme ist noch schlimmer als die von diesem Komiker aus Köln. Gott sieht alles mit Entsetzen. Und zum allerersten Mal in seinem Leben muss Gott sich übergeben. Und das ist die Lösung. Denn gegen Gottes Kotze ist kein Kraut gewachsen. Der warme Schwall des Schöpfers ergießt sich über die gesamte Erde und begräbt alles unter seiner wabernden, zähen Masse. Und dann hat es ein letztes Mal BLUB gemacht.

Zufrieden reibt sich Gott die Hände. Sinnlos lässt er die stinkende Erde ihre Bahnen ziehen.

Er selbst hat schon wieder Lust auf was Neues. Er bastelt sich eine Scheibe. Und dann überlegt er: »Was war eigentlich das Problem auf der Erde? Der Mensch, natürlich. Aber was genau? Es war die Mobilität der Menschen. Richtig! Ich brauche immobile Geschöpfe. Das ist es!«

Und so entwickelt der Schöpfer ein neues Geschöpf: halb Mensch, halb Pflanze, unten Pflanze, oben Mensch, Menschen mit Wurzeln sozusagen, die nicht nur wie angewurzelt dastehen können, sondern angewurzelt sind. »Genial!«, hört er sich sagen. »Man könnte sie ›Pflenschen‹ nennen«, scherzt er übermütig und zwirbelt entspannt an seinem Bart.

»Und was ist mit der Fortpflanzung?«, wirft Jesus ein, der zufällig an der Tür gelauscht hatte.

»Das geht über Pollen, mein Sohn. Pollen, die an den Haaren kleben und vom Wind übertragen weden.«

»Weden?«, fragt Jesa.

»Ja, weden, das ist holländisch.«

Nach einer Weile haben auch die anderen Götter von seinem Plan gehört. »Coole Idee«, hört man allenthalben. Sogar Mohammed ist einverstanden: »Ach, weißte, Gott, ich hatte erst überlegt, was Eigenes zu machen. Also 'ne eigene Erde.«

»Was denn? Erzähl doch mal.«

»Einen Würfel.«

»Abgefahren! Einen Würfel.«

»Ja, einen Würfel. Und auf dem Würfel gibt es nur Pflanzen.«

»Also auch alle immobil?«

»Ja, aber dafür kann das Obst laufen. Also Äpfel, Bananen, Nüsse und so weiter haben alle Beine dran. Kleines Gesicht vorne. Und wenn die runterfallen, können sie ein bisschen herumlaufen. Aber der Clou ist: Nach ein paar Wochen verfaulen alle. Versteht ihr? Dann hat man auf Dauer keinen Ärger mit denen.«

Alle sind dafür, dass sie gemeinsam ihr Werk vollenden. Gott nimmt seine Scheibe, schmeißt ordentlich Erde drauf, Petrus gießt Wasser drüber, und wie die Pizzabäcker eine Quattro Stagioni so bestreuen die 365 Götter ihre neue Erde mit verschiedenen Samen, die sie sich in ihrer Allmacht geschnitzt hatten. Es entwickeln sich Pflenschen, Obst mit Beinen und Hühner so groß wie Dinosaurier.

Und wie bei einem gemeinsamen Fernsehabend sitzen sie nun da und warten darauf, ob irgendwann wieder an sie geglaubt wird.

6. Kapitel

Der Trend-König, Teil III

Hallo, Freaks, Trendscouts und Hinterherhinker!

Der neue Trend ist:
WM-Karten fälschen und verkaufen.
Genau! Jetzt schon.

Wie oft fragt man sich:
Scheiße, wie komme ich nur an WM-Karten ran? Und worauf muss ich achten, um keine gefälschten zu kriegen?
   Alter, ist doch ganz einfach: Musste selber fälschen. Überleg doch mal.

Das Tolle daran ist:
Noch keiner weiß, wie die Karten aussehen werden. Also liegt alles in deiner Hand.

Und so wird's gemacht:
Einfach ein schönes Layout überlegen, ein paar Infos dazuschreiben wie Karte, WM-Finale, und Datum – also 11. Juli 2010[8] – und dann ab durch den Farbkopierer. So, und jetzt brauchst du nur noch ein paar Idioten, die auf diesen Scheiß reinfallen. Und wo sitzen die meisten Idioten? Na klar, nachts vorm Fernseher, und machen Gewinnspiele für Doofe. Also musst du einfach einen kleinen Fernsehwerbespot aufnehmen mit deiner Telefonnummer nach dem Motto:

---

[8] *Falls Sie dieses Buch nach dem Juli 2010 erworben haben, ersetzen Sie bitte die Jahreszahl durch 2014, 2018, et cetera.*

»Und wenn Sie jetzt gleich anrufen, dann kriegen Sie nicht eine, nicht zwei, sondern drei WM-Karten für den Preis von vieren!«

Aber Vorsicht:
Wenn du versuchst, selber mit einer selbst gefälschten Karte ins Stadion zu kommen, dann bist du ein noch größerer Depp als alle anderen. Dann hast du als erster Mensch Stadionverbot wegen geistiger Armut. Und weil du dich kennst, kannst noch nicht mal eine Anzeige gegen Unbekannt aufgeben, sondern nur gegen dich selbst. Ole.

Der neue Trend sind:
Gedichte
Genau. Ge-dich-te.

Wie oft fragt man sich:
Verdammte Hacke, wie kann ich denn der schönen Ursula mal imponieren? Vielleicht mit einem Gedicht? Aber wenn ich Gedichte schreibe, kommt da nur Grütze raus. Ich kann doch nicht schreiben: Liebe Ursula, der Bestatter und sein Scherge, die verkaufen gebrauchte Särge. In Liebe, dein Ulf.

Das geht natürlich nicht. Doch jetzt kommt Hilfe, denn jetzt gibt es ein Gedichtprogramm auf CDVD-ROM.

Und so wird's gemacht:
Einfach Schlüsselworte eingeben, die im Gedicht vorkommen sollen, Enter-Taste drücken und fertig.

Das Tolle daran ist:
Du kannst auch Eigenschaften eingeben, wie zum Beispiel »sie

ist nett«, »sie hat Klasse«, »sie unterscheidet sich von den anderen«.

Aber Vorsicht:

Das Programm hat einen Haken: Wenn du Pech hast, dann schreibst du der Uschi Folgendes:

Liebe Ursula,

Ich find dich wirklich nett, ich mag dich gerne leiden,

du bist von einer Klassefrau kaum zu unterscheiden.

Der neue Trend sind:
VHS-Kurse für die ganz Familie
Genau. Für die ganze Familie VHS-Kurse.

Wie oft denkt man sich:

Mein Gott, wo hat meine Mutter eigentlich kochen gelernt? Bei Obi? Das schmeckt ja wie bei Hempels unterm Sofa. Und warum kann Oppa imma noch nicht simsen? Geschweige denn vernünftig essen? Vielleicht liegt's ja am Essen. Also am Kochen. Kausal gesehen. Und drittens: Warum werden meine Graffitis eigentlich immer wieder von den Hauswänden gewischt? Sind die denn wirklich so schlecht?

Aber jetzt kommt Abhilfe, denn jetzt gibt es die VHS-Kombi-Kurse für drei Generationen.

Und so wird's gemacht:

Einfach zur VHS gehen, die Drei-Generationen-Kurse buchen, und ab geht die Luzie. Die Mutter lernt, dass man Kartoffeln auch kochen kann, und nicht als Pommes kaufen muss, der Oppa versteht endlich die Bedeutung von Klingeltönen und kann sich den

Radetzky-Marsch runterladen, um sich dann ständig selbst an-zurufen, und du malst plötzlich Graffitis so schön, wie der junge Beethoven Gitarre gespielt hat.

Aber Vorsicht:
Wenn du das Formular falsch ausfüllst, dann sitzt plötzlich du im Handy-Kurs und dein Oppa lernt Graffiti. Oder kochen. Oder du.

Der neue Trend ist:
Super-Nanny für alle Bereiche
Also for all areas. Genau. Die Nanny für alles und jeden.

Wie oft fragt man sich:
Mein Gott, ich komme mit meinen Kindern nicht mehr klar, kann mir nicht mal einer helfen? Oder als Kind: Ich komme mit meinen Eltern nicht mehr klar, was soll ich machen? Oder als Hundebesit-zer: Mein Hund kackt mir die Bude voll, was kann ich tun?

Doch jetzt kommt Abhilfe. Denn jetzt gibt's für jeden seine per-sönliche Nanny.

Und so wird's gemacht:
Einfach im Internet unter »N« gucken. »N« wie Nanny, Bereich auswählen und anrufen. Oder anklicken.

Und schon meldet sich ein Spezialteam, denen du dein Problem schilderst. Dann kriegst du einen Knopf ins Ohr, und von da an sagst du nur noch das, was sie dir ins Ohr flüstern.

Das Tolle daran ist:
Es gibt sogar die Nanny für Tiere, die weg von ihren Herrchen sollen.

Wenn du merkst, dein Nachbar quält seinen Hund wie Sau, oder den Hund hättest du auch gerne, dann rufst du einfach die Tier-Nanny an. Dann bekommt der Hund einen Knopf ins Ohr, und wenn das Herrchen ruft: »Hol das Stöckchen«, dann wird dem Hund geflüstert: »Sitz!« Und wenn das Herrchen dann böse wird und ruft: »Jetzt hol schon das Stöckchen, blöde Töle!«, dann hört der Hund: »Fass!«

Du wirst sehen, schon bald wird der Hund ins Tierheim abgegeben, und von dort kannst du ihn dir dann abholen.

Aber Vorsicht:
Wenn du als Achtjähriger über den Knopf im Ohr zugeflüstert bekommst: »Du, Mami, was is eigentlich ficken?«, dann handelt es sich wahrscheinlich um einen dummen Streich deiner großen Schwester. Also: Nicht alles nachplappern!

Der neue Trend ist:
Bus und Bahn fahren und sparen
Genau. Busundbahnfahrnundsparn.

Wie oft fragt man sich:
Mein Gott, ist das teuer hier inner Bahn. Oder im Bus. Oder überhaupt, das ganze Leben. Alles ist so teuer geworden. Vielleicht telefonier ich einfach zu viel. Mit wem telefonier ich eigentlich so viel? Und worüber?

Aber keine Sorge. Jetzt kommt Abhilfe, denn jetzt kann man sparen beim Fahren.

Und so wird's gemacht:
Einfach mit fünf Leuten zusammentun, die auch Bus und Bahn

fahren, und jeder gibt pro Monat zehn Euro in einen Topf. Macht sechzig Euro im Monat.

Das Tolle daran ist:
Keiner kauft sich je wieder ein Ticket. Und wenn mal einer unwahrscheinlicherweise zufällig ohne Grund von einem dahergelaufenen Kontrolletti kontrolliert wird, dann zahlt der die sechzig Euro Strafe einfach aus dem Topf.

Aber Vorsicht:
Wer häufiger als zweimal ohne Fahrschein erwischt wird, der gilt als vorbestraft. Man findet dann nur noch ganz schwierig einen Job, kann auf keinen Fall mehr verbeamtet werden und kriegt keine Kredite mehr. Aber wer braucht schon Kredite? Man kann ja auch einfach weniger telefonieren.

Der neue Trend ist:
Kaffee, Kaffee, Kaffee
Genau: Kaffee.

Wie oft fragt man sich:

Hm, was könnte ich mal trinken? Vielleicht 'nen Kaffee. Ach, hatte gerade schon drei. Darum bin ich auch so wach. Mann, bin ich wach.

Doch jetzt kommt Abhilfe, denn jetzt gibt es Kaffee für alle Gelegenheiten. Mit Koffein oder ohne, mit Milch oder mit Latte, mit Schaum, doppeltem Schaum, schaumig gerührt, geschlagen oder gemixt, mit Honig, Zucker, braunem Zucker, Puderzucker, Zuckerwatte oder Zucker direkt in der Latte, Latte macchiato, latiato de macke, mit Nikotin oder ohne, mit Löffel oder ohne, wenn ja mit Heroin und Feuerzeug (Nadel selber mitbringen) oder ohne, oben ohne serviert oder mit, zum Mitnehmen, für to go oder direkt in die Hand geschüttet, fair gehandelt, unfair oder voll unfair, oder einfach einen Milchkaffee mit Stroh-Rum oder Ouzo.

Und so wird's gemacht:
Einfach in einen Coffee-Store gehen und bestellen.

Das Tolle daran ist:
Für jeden Geschmack, für jede Stimmung und für jeden Geldbeutel ist etwas dabei. Esoterisch verstrahlte Menschen gießen sogar ihre Blumen mit Kaffee.

Aber Vorsicht:
Stiftung Warentest hat festgestellt: Trinken Sie die Karte in so einem Kaffeeladen niemals einmal rauf und runter. Sonst kommen Sie ganz schnell ganz schlecht drauf.

Der neue Trend ist:
Nur das konsumieren, wofür die Spieler der Fußball-Nationalspieler Werbung machen.
Genau. Nur das.

Wie oft fragt man sich:
Hm, was könnte ich mal essen? Oder trinken? Oder machen?
   Aber das ist doch ganz einfach! Haltet euch einfach an die Vorbilder vom DFB.

Und so wird's gemacht:
Einfach morgens nach dem Zähneputzen direkt zwei Brötchen mit Nussnougatcreme essen. Anschließend alles mit Cola nachspülen und ab in die Schule. Nach der Schule ganz gepflegt ein paar Burger reinziehen und wichtig: wieder alles mit Cola nachspülen. Nachmittags wird dann Fußball gespielt, aber bitte schön zu Hause am Computer. Das ist mittlerweile viel echter als in der Realität. Und die Wurstfinger werden von Spiel zu Spiel kräftiger.

Apropos Wurstfinger: Zwischendurch empfiehlt es sich, immer mal 'ne kleine Salami oben reinzustecken. Oben in die größte Kopföffnung. Man kann die Salami auch vorher in die Nougatcreme stecken. Das ist zwar eine kleine Schweinerei, aber es gibt dem Ganzen den richtigen Pfiff.

Das Tolle daran ist:
Du bist deinen Idolen ganz nah, weil du das tust, was sie empfehlen, und nach nur vier Wochen wiegst du so viel wie das komplette deutsche Mittelfeld.

Aber Vorsicht:
Stiftung Warentest hat herausgefunden: Das ist alles total ungesund. DIESE EWIGEN NÖRGLER!!!

Der neue Trend ist:
Sponsoring für alles
Genau. Sponsoring. Oder sponsoring.

Wie oft fragt man sich:
Mein Gott, wie kriege ich das alles bezahlt? Ich brauch neue Einnahmequellen. Für meinen Kiosk zum Beispiel.

Aber das ist doch kein Problem: Verkaufe einfach das Namensrecht an dem Kiosk.

So wie bei den Fußballstadien. Die heißen jetzt auch nicht mehr wie das Stadtteil, in dem sie stehen, sondern wie der Hauptsponsor.

Und so wird's gemacht:

Einfach bei allen großen Unternehmen anfragen, ob sie Interesse am Namensrecht für zum Beispiel deinen »Kiosk Trinkhalle Nord« haben. Wenn die sich nicht melden, kannst du auch die Geschäfte in der Umgebung abklappern. Und schon bald heißt dein kleiner Laden vielleicht »Friseursalon Schmitz' Trinkhalle«, »Heidis Fischladen Kiosk« oder »Änderungsschneiderei Özmür Büdchen«.

Das Tolle daran ist:

Du kannst es auch umgekehrt machen und selber als Sponsor auftreten. Ich zum Beispiel habe einem Typen von der Arena Oberhausen einhundert Euro gegeben, damit er sie in Johann-König-Arena umbenennt. Cool, oder?

Aber Vorsicht:

Der Elektronik-Riese Sony plant jetzt, Kinderkliniken und Geburtshäuser zu finanzieren. Im Gegenzug wird jedem Neugeborenen ein MP3-Player direkt ins Ohr implantiert. »Mp3-Player-implanted« steht dann auf dem Kind. Widerlich. Wenn das mein Kind wäre, würde ich auf jeden Fall darauf bestehen, dass es einer von Samsung ist.

Der neue Trend ist:
Scheiße bauen, aber mit Stil
Genau, mit Stil.

Wie oft denkt man sich:
Mein Gott, ich hab so viel Unsinn im Kopf. Das ist ja total peinlich. Ich könnte schon wieder bei meinem Mitbewohner Zahnpasta an die Türklinke schmieren. Oder bei seinem Auto einen Böller in den Auspuff stecken. Oder Hundekot in Zeitungspapier wickeln und dann anzünden. Diese ganzen alten Drecksscherze eben. Oh, Mann.
Doch jetzt kommt Abhilfe, denn jetzt gibt es das Ganze auch mit Niveau.

Und so wird's gemacht:
Einfach mal das Telefon nehmen, bei der Kirche anrufen und sagen: »So, Pastor, hier ist die Einhundert-Euro-Frage: Was haben Jesus und ein VW-Käfer gemeinsam? Weißte nicht? Beide sind Mehrtürer. Tschö!«

Das Tolle daran ist:
Ihr könnt auch mit kleinen Sachen eure Mitbewohner erfreuen. Wenn der Andy zum Beispiel raucht, einfach mal in die halbvolle Zigarettenschachtel eine Nacktschnecke stecken. Oder eine Woche vor seinem dreißigsten Geburtstag könntest du in seinem Freundeskreis streuen, dass er Diddlmaustassen sammelt.

Aber Vorsicht:
Versuche nie, im Zug den Notfallhammer vom Fenster zu reißen, um zu überprüfen, ob der Kniesehnenreflex beim Schaffner auch im Stehen funktioniert. Dann steigst du nämlich ganz schnell aus. Und zwar für immer.

Der neue Trend ist:
Ein komplett neues Image kriegen

Ohne auf die alten Vorlieben zu verzichten. Genau.

Wie oft denkt man sich:

Mein Gott, hab ich ein schlechtes Image. Warum eigentlich?

Klar, ich spiele oft Ballerspiele am PC oder telefoniere, meistens esse ich Fast Food und, na ja, die Ich-AG »Web-Design« könnte auch besser laufen.

Aber das ist doch alles kein Problem, denn jetzt kannst du das Bild von dir komplett verändern.

Und so wird's gemacht:

Als Erstes brauchst du auf der Arbeit einen Mac. Es dauert zwar Monate, bis du damit umgehen kannst, ist aber per se extrem viel cooler als ein gewöhnlicher PC. Dann solltest du dir eine Flasche Volvic kaufen. Das ist stilles Wasser. Mit dieser Flasche unterm Arm joggst du dann immer nach der Arbeit zum KIESER TRAINING. Dort tust du so, nein, dort tust du etwas für deinen krummen Rücken. Oder dagegen. Je nachdem, wie du die Übungen machst.

Wenn du eine Freundin hast, sollte sie nebenbei irgendwas mit Bio zu tun haben. Vielleicht in einem Bio-Dings arbeiten, nicht Bio-Laden, das ist zu piefig, sondern besser in einem Bio-Supermarkt. Also Bio, aber doch kommerziell.

Und wenn ihr gar ein Kind habt, dann fährt es auf jeden Fall mit einem Roller aus Vollholz. Also mit einem Vollholzroller. Damit alle wissen: Ah, Vollholzroller, alles klar.

Das Blöde daran ist:

Das macht alles keinen Spaß. Aber diese negative Emotion schlägt sofort ins Positive um, sobald du die Wohnungstür geschlossen hast.

Dann kommt das Kind vor'n Fernseher, vor den eigenen natürlich, du mit der Freundin vor den anderen, und dann werden

Videos geguckt. Dabei esst ihr Pizza, raucht Tüten und trinkt Wodka-Redbull oder Cola-Rotwein.

Aber Vorsicht:
Versuche niemals nur das zu essen, wofür die Spieler der deutschen Fußballnationalmannschaft Werbung machen. Dann ist es ganz schnell vorbei. Mit dir.

Der neue Trend ist:
Nichtstun
Genau. Nix tun. Also gar nichts. Den ganzen Tag lang.

Wie oft fragt man sich:
Mein Gott, was kann ich mal tun? Boah, ist mir langweilig. Ich muss irgendwas machen.
   Diese Gedanken sind falsch! Denn du kannst auch einfach gar nichts machen. Lass dich doch nicht anstecken von dem blinden Aktionismus der anderen. Fange heute an mit Müßiggang.

Und so wird's gemacht:
Einfach mal am Sonntag nach dem Aufstehen direkt wieder hinlegen. Oder gar nicht erst aufstehen. Einfach nur liegen bleiben. Direkt nach dem Aufwachen. Was sich in deinem Kopf abspielt, geht keinen was an. Aber nach außen hin tust du gar nichts.

Das Tolle daran ist:
Auch ohne dich zu bewegen, kannst du dir Aufgaben stellen. Du könntest zum Beispiel versuchen, allein kraft deiner Gedanken die Vorhänge zu öffnen. Oder die Tür. Oder einen Höhepunkt zu kriegen. Oder erst mal einen hoch.

Aber Vorsicht:

Wer zu lange liegt, wird krank. Darum auch das Sprichwort: Wer morgens nicht mehr weiterweiß, bekommt Dekubitus am Steiß. Also: auch mal auf'n Bauch legen!

Der neue Trend ist:
Das persönliche Panini-Sammelalbum

Genau. Das persönliche.

Wie oft denkt man sich:
Mein Gott, immer diese Fußballer auf den Panini-Bildern, das ist doch langweilig. Die meisten kenn ich noch nicht mal. Und je mehr ich sammel, desto mehr hab ich doppelt.

Doch jetzt kommt Abhilfe, denn jetzt kann jeder sein ganz persönliches Sammel-Album erstellen.

Und so wird's gemacht:

Einfach mit der Polaroid-Kamera durch deine Straße gehen oder durch deine Schule und jeden fotografieren, der dir über den Weg läuft. Dann Namen notieren, Gewicht und Hausnummer beziehungsweise Klasse, und ab nach Hause.

Da bastelst du dann ein entsprechendes Album mit selbst gemalten Rahmen für die Fotos

Und wie beim Panini-Album gibt es klare Strukturen und Einteilungen: Statt Mannschaften gibt es Schulklassen, statt Spielführer hast du einen Klassensprecher, der Trainer ist der Lehrer, und derjenige, der so einen Bart hat wie Kevin Kurányi, der wird falsch rum eingeklebt.

Das Tolle daran ist:

Wenn du zum Beispiel zwanzig Alben bastelst und von jedem Foto, sagen wir, fünfzig Stück ausdruckst, dann kannst du auch als Verkäufer auftreten. Du musst nur darauf achten, dass nicht alle Bilder in gleicher Anzahl vorhanden sind, und dass es wenigstens ein Bild gibt, zum Beispiel das von der schönen Jenny aus der 8c, das überhaupt nie auftaucht.

Aber Vorsicht:

Die Bilder haben immer einen unterschiedlichen Tauschwert. Für das Wappen der Schule kann man durchaus zwei Sextaner verlangen. Wenn du aber merkst, dass man beim Tauschen für ein Bild mit der dicken Elke drei Bilder von dir bekommt, dann solltest du mal über deinen eigenen Wert nachdenken.

Der neue Trend ist:
Bärlauch

Genau. Bär-Lauch.

Wie oft fragt man sich:

Hm, mein Leben ist so grau und öde, wie könnte ich es mal ein bisschen auffrischen, oder nur ein bisschen farbenfroher gestalten?

Doch jetzt kommt Abhilfe, denn jetzt kann man überall Bärlauch mit reinschütten.

Und so wird's gemacht:

Einfach einen großen Sack mit frischen Bärlauchblättern kaufen, aufschneiden und los geht's. Bärlauch ist gesund, hält fit, macht schlank, ist lecker, fördert die Verdauung, sieht gut aus und ist leicht zu kriegen.

Frischer Bärlauch schmeckt als Salat, im Käse, auf Brot, im Käsebrot, in der Suppe, im Tee, als Duftbaum, im Sprit, als Röckchen und so weiter.

Aber damit nicht genug: Getrockneten Bärlauch kannst du auch in einen Eimer weißer Farbe bröseln, dein Zimmer damit streichen und schon hast du pittoresk gefleckte Zimmerwände, die auch noch gesund sind. Natürlich kannst du dir Bärlauch auch in die Haare schmieren. Und alle werden sich fragen: »Hm, getönt, gefärbt?«

»Nein, gebärlaucht.«

Das Tolle daran ist:

Man kann Bärlauch selbstverständlich auch prima rauchen. Getreu dem alten Sprichwort: Von Bärlauchrauch, von Bärlauchrauch, da gehen dir die Sinne auf.

Aber Vorsicht:

Reiße nie die Tür eines Bioladens auf und rufe angewidert: »BÄRLAUCHFRESSER!« Denn das macht man einfach nicht.

Der neue Trend ist:

Mit der Freundin nur in Fußballer-Zitaten kommunizieren

Genau. In Fußballer-Zitaten.

Wie oft denkt man sich:

Mein Gott, die Gespräche mit meiner Freundin, die sind aber auch langweilig. Immer das gleiche Gelaber. Ich muss etwas ändern.

Aber das ist doch kein Problem, denn ab jetzt redest du während der WM einfach nur noch wie Fußballer.

Und so wird's gemacht:

Wenn dich deine Freundin am Frühstückstisch fragt: »In welche große Stadt würdest du gerne mal reisen?«, dann antwortest du einfach: »Mailand oder Madrid, Hauptsache Italien.«

Wenn du gut bist, können so wunderbare Dialoge entstehen:

Sie: »Hey, du bist mir auf den Fuß getreten.«

Du: »Quatsch, ich hab dich höchstens ganz leicht retouchiert.«

Sie: »Das tat aber weh.«

Du: »Jetzt hör mal auf, das hier hochzusterilisieren.«

Sie: »Du bist manchmal voll bescheuert.«

Du: »Ich sag jetzt noch ein Wort: Halt's Maul.«

Sie: »Das war'n aber zwei.«

Du: »Ruhe!«

Das Tolle daran ist:

Du kannst deiner Freundin fußballrethorisch auch Mut machen und sagen, sie solle den Sand jetzt nicht in den Kopf stecken, sondern die Arme hochkrempeln. Und dann lasst ihr alles noch mal Paroli laufen.

Aber Vorsicht:

Sage niemals am Esstisch zu ihr: »Dein Arsch ist rund und ein Mittagessen dauert neunzig Minuten.«

Denn sonst hat sie es irgendwann auch kapiert und sagt zu dir: »Ich habe fertig.«

Der neue Trend ist:
Stadtkinder verarschen

Genau. Stadtkinder verarschen.

Wie oft denkt man sich:
Mein Gott, die Stadtkinder, die ham's schon gut: alles so zentral, Kiosk, Schule, Disco, Dealer, Jugendknast. Sehr praktisch. Stadtkinder kennen sich einfach aus in der Welt.

Doch das ist nur bedingt richtig. Denn von der Natur haben sie keine Ahnung.

Und darum kannst du auch als Kind vom Lande den Stadtkindern mal richtig zeigen, wo das Schwein am Haken hängt.

Und so wird's gemacht:
Einfach mal ein paar Stadtkinder aus deiner Klasse einladen und durch euer Dorf führen. Und dann erzählst du ihnen zum Beispiel, dass die Kühe natürlich normalerweise lila sind, aber hier die schwarz-weißen, die wären alle krank, die würden auch bald hingerichtet, am elektrischen Zaun, und dann würden daraus Schweineschnitzel und Lammkoteletts für die Städter gemacht.

Das Tolle daran ist:
Irgendwann kannst du denen alles erzählen: Dass das Reh die Frau vom Hirsch ist, die Ratte der Mann von der Taube, darum spricht man ja auch von den Ratten der Lüfte, und in der Mauser da wachsen den Ratten Flügel und dann fliegen sie in die Stadt und scheißen alles voll.

Aber Vorsicht:

Erzähle einem Stadtkind niemals, dass die Eier dem Huhn aus dem Arsch fallen. Das würde es nie glauben und alles Vorhergesagte in Frage stellen. Und vermutlich nie wieder Eier essen.

Hast du einen Trend verpennt, Johann fragen, Danke sagen.

7. Kapitel

Wieso man jeden Kassenbon niemals nicht wegschmeißen sollte, worauf man bei Bettlern achten muss und warum die Aussprache oft so entscheidend ist

Mitmenschen sind etwas Tolles. Ohne Mitmenschen wäre es nicht so gesellig auf der Erde. Aber selbstredend hat man mit Mitmenschen auch viele ärgerliche Auseinandersetzungen, die man alleine nicht hätte. Zum Beispiel Massenschlägereien auf Wiesen. Oder Kneipengespräche mit waschechten Kölnern. Langweilig wird es mit Menschen selten. Langweilig wird es eher, wenn man allein ist. Aber das muss gar nicht schlecht sein: Mein allererstes Gedicht entstand allein aus Langeweile.

Ich arbeitete, um mir mein Studium zu finanzieren, als Nachtschwestermann im Krankenhaus. Und während der Nachtwachen hatte ich sehr viel Zeit. Ab und an hat mal jemand gerufen: »Hallo. Hallo, ist da jemand? Mein Beutel. Mein Beutel ist voll.« Ich bin daraufhin in das Zimmer des Patienten gegangen, habe mir den Beutel angeguckt und gesagt: »Voll? Voll ist der noch lange nicht. Sag mir erst, wie alt du bist.« Dann bin ich zurück ins Schwesternzimmer und habe mir wieder ein Gedicht von der Palme gewedelt.

Spötter könnten nun sagen, ich hätte meine Langeweile zum Beruf gemacht. Das stimmt sogar, und deshalb priele ihr Spott von mir ab, wenn sie es sagten – und wenn »prielen« der Konjunktiv zu »prallen« wäre.

Diesen Satz sollte mein alter Deutschlehrer lesen. Dieser launige Vieren-Verteiler. Ich wollte ja auch Lehrer werden. Verrückt. Habe tatsächlich neunzehn Semester auf Lehramt studiert. Natürlich auch wegen der in Aussicht gestellten Verbeamtung. Aber wenn ich ehrlich bin, war beim Lehramtsstudium eher mein Vater der Wunsch des Gedankens[9]. An das, was ich jetzt mache, habe ich zu der Zeit im Traum nicht gedacht. Eher wollte ich »Büdchenbesitzer« werden.[10] Aber obwohl ich nie im Leben von meinem jetzigen Beruf des Evententertainers geträumt habe, ist es heute mein Traumberuf.

Schmusekatze

Ich war. In dieser Bar. Als ich sie sah.

Ich weiß nicht mehr genau, wie die Bar hieß, ich glaube »UnverwechselBar« oder »UnfassBar«, »AbsehBar«, irgend so etwas, was Originelles auf jeden Fall. Ich saß betont locker auf einem Hocker, allerdings nur des Reimes wegen.

Rechts und links von mir saß niemand, und so guckte ich dermaßen tief in mein Glas, bis rechts von mir jemand saß. Es war eine Frau, grob geschätzt, zwischen zwanzig und vierzig Jahren ungefähr; ich guckte immer mal rüber zu ihr und irgendwann fragte ich: »Rauchen Sie?« Sie schüttelte den Kopf, und ich sagte: »Ich auch nicht.« Ich alter Fuchs. Instinktiv hatte ich eine erste Gemeinsamkeit ausgedacht. Ausgemacht natürlich, ausgemacht. Und ohne es zu ahnen, wusste ich: Wir sind auf einer Längenwelle.

Nach dem zweiten Drink trafen sich unsere Blicke immer öfter, bis wir uns schließlich ineinander verguckten. Wir blickten uns an, zwei Sekunden, fünf Sekunden, eine Stunde.

Es war unglaublich langweilig.

Als ich dachte, etwas Abwechslung könnte meinem Blick ganz gut tun, da erinnerte ich mich an die Bilder vom Magischen Auge. Man muss eine Ebene hinter dem eigentlichen Bild anvisieren, und schon nach wenigen Sekunden entsteht ein neues, überraschend anderes Bild.

---

[9] *Hier wurde eine Redensart – wie so oft bei Herrn König – mal wieder vorsätzlich für die eigenen Zwecke missbraucht.*

[10] *Siehe dazu auch das Lied ›Büdchen-Song‹, das Herr König als Reminiszenz an diesen Wunsch schrieb.*

Ein Mann, ein Wort, gedacht, getan: Ich blickte sie an und fokussierte nun weiter, durch ihre Augen hindurch, bis tief in ihr wunderschönes Haupt hinein. Und tatsächlich: Auf dieser Ebene entstand ein Bild zwischen magischer Schönheit und naiver Malerei. Ich dachte: Ach, wie pittoresk.

Ich sah eine Wiese, ich sah ein Pferd, ich sah sie rücklings auf dem Pferd sitzen, und wenn ich das Bild in einem schrägeren Winkel betrachtete, dann sah es aus, als plumpste sie vom Pferd hinunter auf die Wiese. Es war ein Wechselbild.

Ich bewegte meinen Kopf so hin und her, dass sie pro Sekunde einmal runterplumpste und wieder raufflog, und begann debil zu schmunzeln.

Sie guckte mich an, als hätte ich sie nicht mehr alle; ich hielt meinen Kopf wieder still, bis sie plötzlich anfing, den ihren absonderlich zu schwenken.

Ich wollte überhaupt nicht wissen, was sie gerade sah, und dennoch interessierte es mich brennend.

Ich fragte: »Was siehst du? Sag doch mal?« Doch sie nahm nur ihren Zeigefinger und berührte damit so sanft meine Lippen, dass ich augenblicklich verstumpfte, nein, verstummte. Sie hatte noch keinen Ton gesagt, doch mir war klar, dass wir eines Tages heiraten würden.

Dann geschah das Absehbare: Wie verabredet erhoben wir uns gleichzeitig von unseren Sitzen und standen uns schließlich unerhört nah gegenüber.

Ich spürte ihren Atem in meinem Gesicht, ich ahnte die Wärme ihres Körpers und ich hörte ihr Herz galoppieren. Es galoppierte wie das Pferd, von dem sie vorhin immer heruntergeplumpst war. Was für eine Frau.

Das galoppierende Geräusch wurde so heftig, dass es sogar über die Lautsprecherboxen der Bar zu hören war. Ich stutzte, dann klingelte ihr Telefon.

Ohne den Blick von mir zu lassen und mit einer Ruhe, gegenüber der ein frisch verstorbener Angler hektisch gewirkt hätte, nahm sie das piepende Gerät aus ihrer linken Brusttasche und warf es in hohem Bogen ins achtlos dastehende Aquarium.

Ich dachte: *Ja, das ist mal 'ne Frau, Johann, die hat Klasse, die ist richtig cool, die ist so scharf, ja, die ist so scharf wie … wie etwas ganz Scharfes, wie eine Spitzhacke zum Beispiel. Und wahrscheinlich ist sie dabei auch noch spitz wie eine … wie ein Küchenmesser.*

Wortlos gingen wir zu mir, behutsam öffnete ich ihr die … Tür zu meiner Wohnung. Oh, ich dachte schon die Bluse … Die Bluse zu meiner Wohnung.

Schulbuchmäßig setzten wir uns auf ein freies Sofa, und dort begannen wir unverzüglich mit einer hemmungslosen Kuschelei. Selten zuvor habe ich so schön gekuschelt, ich dachte die ganze Zeit: *Mann, Mann, Mann, kann die gut kuscheln.* Nach dem Kuscheln setzte sie sich aufrecht hin, machte den Mund auf, guckte mich an und sagte ihren ersten Satz:

»Du biss ja eine richtige Smusekatse.«

Ich war geschockt. Sie lispelte. Aber nicht nur ein bisschen, sondern – um es mal paradox auszudrücken – ein bisschen viel. Es war das stärkste Lispeln, das ich je gehört hatte und stand dermaßen im Widerspruch zu ihrer Erscheinung, ihrer Art und ihrem Wesen, dass mein Ohr sich weigerte, es der Person zuzuordnen, die mein Auge sah, und umgekehrt.

Angewidert erwiderte ich: »Sag mal, hast du 'n Ssprachfehler?« Dabei imitierte ich ihr S so dermaßen, dass ein Spucketröpfchen ihre Nasenspitze traf.

Darauf sie: »Ja, wiesso?«

Ich erschauderte. Bei jedem »S« schien sich ihre Zunge derart unangemessen in die Lautbildung einzumischen, dass es nur so zischte.

Ich: »Ja, wie wieso?«

Sie: »Ja, wiesso?«

Ich wieder: »Ja, wieso haste denn das nicht vorher gesagt?«

Sie: »Wiesso? Wir haben doch noch gar nich gesprochen.«

Ich überlegte kurz und schüttelte dann den Kopf:

»Ne komm, weißte, geh nach Hause. Ich meine, wat soll denn das, Sprachfehler, kannst kein ›S‹ sprechen, was is ’n das für’n Quatsch, wieso … wieso kannste denn kein ›S‹ richtig sprechen? Hm, was bist ’n du für eine?«

Da wurde sie plötzlich sehr traurig, und ich sagte weiter: »Hey, ist doch nicht schlimm, dann kannste halt kein ›S‹ sprechen, ist doch egal. Es gibt genügend Jungs, die mögen so’n S-Fehler, die finden das total süß. Sag mal ›süß‹. Wirklich, ich kenn genügend Jungs, denen so ’ne Frau mit S-Fehler gerade noch gefehlt hat.«

In ihrer Sammlung habe ich nicht gesagt. Ich war schon gemein genug zu ihr. Ich erkannte mich selbst kaum wieder.

Sie hat dann etwas in meinen Schoß geweint, aus reiner Neugier weinte ich mit. Habe kurz überlegt, dass ich sie, wenn sie auch noch Susanne heißt, Heulsusi nennen könnte. Aber dann habe ich ihr einfach in aller Ruhe erklärt, dass ich selbstverständlich nichts gegen einen Sprachfehler habe, wenn die Wortwahl stimmt, aber dass ich den Schock über ihr erstes Hauptwort nach den schönen, sprachlosen Stunden zuvor einfach noch nicht überwunden hätte und vermutlich nie überwinden kann und will. Sie hat das alles eingesehen, ist mit einem gelispelten und nicht schreibbaren »SSüß« – also einem Tschüss ohne T – gegangen, und im Nachhinein glaube ich einfach, wenn Gott gewollt hätte, dass wir zusammen alt werden, dann hätte sie mich verdammt nochmal nicht »Smusekatse« genannt.

In meinem Herzen ist Sonnenschein

In meinem Herz ist Sonnenschein,
in meinem Kopf fällt Schnee,
es strahlen meine Äugelein,
wenn ich dich wiederseh.

Kuli-Umtausch

Seit ich Gedichte schreibe, bekomme ich immer wieder edle Kugelschreiber geschenkt, weil viele Leute wohl glauben, diese würden meine Gedichte zusätzlich veredeln. Allein letztes Jahr zu Weihnachten habe ich zwei pompös verpackte Kugelschreiber geschenkt bekommen, aber das Problem war, es war zweimal der gleiche. Zweimal genau der gleiche Schreiber, da hab ich sofort gebrüllt: »Ja, toll, was soll das, sprecht ihr euch nicht ab, oder was? Ihr seid immerhin verheiratet! Elternpack.«

Auf jeden Fall wollte ich nun einen der beiden Stifte umtauschen, ging ins Kaufhaus, stand in diesem riesigen Laden, und was hatte ich vergessen? Den Kuli. Was ich aber nicht vergessen hatte, war der Kassenbon. Den Kassenzettel vom Kuli, den hatte ich dabei. Und weil ich jetzt auch nicht umsonst gekommen sein wollte, bin ich dann einfach in die Kugelschreiberabteilung gegangen, habe genau den Kuli gesucht, der auf dem Kassenzettel stand, habe ihn aus dem Regal genommen, bin zur Kasse gegangen und habe anschließend diesen Kuli mit meinem Kassenbon umgetauscht. Und da dachte ich auch zu mir: *Mensch Johann, was bist du doch für 'ne ausgebuffte Sau!*[11]

So, und dann habe ich gedacht: *Komm, Johann, das ist so einfach, das machste auch mit anderen Sachen. Wenn das hier funktioniert, dann funktioniert das überall.* Bin daraufhin zu PLUS gegangen und habe eine Tüte Chips gekauft, die Tüte draußen aufgegessen, wieder rein in den PLUS, die gleiche Tüte wieder aus dem Regal genommen, Kassenbon rausgeholt und gesagt: »Hallo, ich möchte gerne die Tüte Chips umtauschen.«

Sagt die Verkäuferin: »Ja, warum denn?«

Ich: »Äh …, ja, ich hab die schon. Hab ich zu Weihnachten bekommen.«

Sie: »Mit Kassenbon?«

---

[11] *Natürlich schämt sich der Autor angemessen für diesen Gedankengang und empfiehlt ihn keinesfalls zur Nachahmung!*

Ich: »Ja, ist doch jetzt egal.«

Sie: »Ja, das geht aber nicht.«

Ich: »Ach, komm, mach schon, nur das eine Mal. Ich hol dich auch hier raus. Ich bringe dich ganz groß raus bei … Lidl.«

Sie blieb aber stur und ich habe gedacht: *Okay, Johann, mit Lebensmitteln geht es nicht, du musst dir noch etwas anderes überlegen.* Und so bin ich als Drittes zu NANU NANA gegangen. Bei mir ist es ja so, wenn ich bei NANU NANA reingehe, dann denke ich immer als Allererstes: *Nanu Nana, das kann ich alles nicht gebrauchen.* Auf jeden Fall habe ich dort eine Diddlmaus-Tasse gekauft, bin rausgegangen, habe die Diddlmaus-Tasse draußen weggeschmissen, … nee Quatsch, habe die dort einem Obdachlosen gegeben, aber der meinte, so arm wäre er auch nicht. Hab sie also doch weggeschmissen, wieder rein in den Laden, mit dem Bon, Tasse aus dem Regal genommen, zur Kasse gegangen und hab gesagt: »Hier, ich möchte gerne die Diddlmaus-Tasse umtauschen.«

Sie: »Warum?«

Ich: »Ich hab die schon.«

Sie: »Warum haben Sie die denn dann gekauft?«

Ich: »Das geht Sie überhaupt nichts an.«

Sie: »Aber Sie kriegen nur einen Gutschein.«

Ich: »Nichts da, Gutschein, dann muss ich hier ja noch mal kaufen, ich find ja so schon nichts.«

Sie: »Ja, aber anders geht es nicht.«

Ich: »Wissen Sie überhaupt, wer ich bin?«

Sie: »Ja, der Spacko aus dem Fernsehen.«

Ich: *Wenn Sie mir jetzt nicht sofort diese Scheiß-Tasse umtauschen, dann hau ich Ihnen hier alles zusammen.* Hab ich gedacht. Hab's aber als Kompliment verpackt und gesagt, das wäre völlig in Ordnung, dass sie sich an die Vorschriften hielte, sie solle genauso weitermachen, und in meinen Augen wäre sie als Einzige hier von einer sympathischen und attraktiven Fachkraft kaum zu unterscheiden.

Sie hat mir dann gezeigt, wo der Ausgang ist und ich hab ihr noch schnell gezeigt, dass man aus einem Regal mit Diddlmaus-Tassen auch ein Puzzle machen kann.

Büdchen[12]-Song

I. Ich hab ein Büdchen auf der Aachener Strooß[13]
Und da verkaufe ich mal dies und mal das
Und gibt's nichts zu verkaufen, dann setz ich mich davor,
und schenke allen Leuten mein stets offenes Ohr.
Ich hab ein Büdchen auf der Aachener Strooß,
und ich kann euch sagen, das macht wirklich Spaß.
Der Jupp kommt jeden Morgen, dann macht die Katze mauz,
ich bin der Büdchen-Onkel mit dem Zwirbelschnauz.

II. Ich hab ein Büdchen auf der Venloer Strooß
Und da verkaufe ich mal dies und mal das.
Und gibt's nichts zu verkaufen, dann fang ich an zu saufen,
es ist so wunderbar, denn es ist ja alles da.
Ich hab ein Büdchen auf der Venloer Stroooß,
und ich kann euch sagen, das ist grandiooos,
denn bin ich knapp bei Kasse, dann stör ich mich nicht dran,
weil ich in meinem Büdchen anschreiben kann.

III. Ich hab ein Büdchen auf der Schilderjass
und ich kann euch sagen: das ist wirklich krass,
ich verkaufe hier wie blöde, die renn' mir die Bude ein,
aber 15 Tausend Euro Miete müssen auch erst mal wieder rein.
Ich hab ein Büdchen in der Schildergasse,
Und grad die jungen Leute, die finden mich klasse,
die kommen immer öfter, und damit sich das rentiert,
wird jetzt im Hinterzimmer noch gepierct und tätowiert.

[12] *Kölsches Wort für Kiosk.*
[13] *Kölsches Wort für Straße.*

IV. Ich hab ein Büdchen auf der Keup-Strooß,
und da verkaufe ich mal dies und mal das.
Doch meist verkauf ich gar nichts, im türkischen Revier,
die kaufen nur bei Türken, aber nicht bei mir.
Ich hab ein Büdchen auf der Keup-Straß',
und mal ganz ehrlich: das macht überhaupt kein' Spaß,
das ist doch nicht normal, was mir hier passiert,
ich werd von Ausländern diskriminiert.

V. Ich hab ein Büdchen in Chorweiler Mitte,
und zum Pariser Platz sind's nur ein paar Schritte,
Chorweiler ist nicht schön, und oft gibt's auch Rabbatz,
ich frag mich, gibt's in Paris wohl auch ein' Chorweiler Platz?
Ich hab ein Büdchen auf dem Chorweiler Platz,
und manchmal ruf ich ganz laut: asoziales Pack,
dann kommt die Polizei, und ich komm in 'ne Akte,
lieber 'ne Schlägerei als überhaupt keine Kontakte.

VI. Ich habe Büdchen in ganz Cologne,
und seit 2 Wochen habe ich auch eins im Dom,
bei mir gibt's 1000 Arten von Rotwein und Oblaten,
und wer genug getrunken hat, dem nehm ich auch die Beichte ab.
Ich hab ein Büdchen im Kölner Dom,
und neulich kam einer, sah aus wie Gottes Sohn.
Er würd mich seinem Vater mal wärmstens empfehlen,
denn dort im Himmel würde noch ein Büdchen fehlen.

Bis der Arzt kommt

Ich soll ja viel liegen. Hat mein Arzt gesagt. Wegen meines Rü-
ckens, hat er gesagt, soll ich liegen, liegen … oder schwimmen.
Aber beim Liegen kann ich besser ausruhen. Ich hab damals zum
Arzt gesagt: »Wissen Sie, Arzt, das Liegen, das liegt mir einfach

mehr.« Und da hat der Arzt tatsächlich ein bisschen geschmunzelt. Und dann hat er selber was Witziges gesagt. Er hat gesagt, ich solle meine Nackenschmerzen nicht auf die leichte Schulter nehmen. Und da musste *ich* dann schmunzeln. Von wegen Nacken – Schulter, wenn man sich das mal überlegt, was dahintersteckt …, war einfach ’ne schöne Idee vom Arzt. Und ich hab dann noch gesagt: »Ja, … und Diabetes ist kein Zuckerschlecken.« Und da war er wieder dran mit Schmunzeln. Was haben wir uns einen zurechtgeschmunzelt. Wir haben so was von geschmunzelt … ich würde fast sagen, wir haben geschmunzelt bis der … ach ne, der war ja schon da.

Irgendwann kam dann die Sprechstunde rein. Und die Sprechstunde, die war unfassbar langsam. Und so was kann ich bei andern nicht leiden. Und da hab ich gesagt: »Pass mal auf, Sprechstunde, ich will hier ja nicht den Schwarzen Peter an die Wand malen, aber mir platzt gleich der Knoten.« Und dann haben wir zum ersten Mal richtig gelacht. Also der Arzt und ich. Da haben wir die einfach mal so richtig ausgelacht. Über sieben Minuten. Haben mit dem Finger auf sie gezeigt. Immer im Kreis um sie herumgelaufen. Da fing sie an zu weinen. Hab ich gesagt: »Na, da sind wir bei Ihnen wohl in offene Wunden gelaufen?«

Ich mach das ja gerne, Sprichwörter durcheinanderwerfen. Ich hatte mal eine Freundin in Müllingsen, kleines Dorf bei Soest, und irgendwann bin ich dann von Soest nach Köln, und sie wollte hinterherziehen, aber kurz vorher ist sie noch mal fremdgegangen. Und dann wollte ich nicht mehr, dass sie hinterherzieht nach Köln, und hab zu ihr gesagt: »Weißte, Meike, ich sag’s mal so: Wenn die Kirche bereits in den Brunnen gefallen ist, dann kann man das Kind auch im Dorf lassen.«

Kommunikation

Wenn einer fragt:
»Wo kommst du her?«,
und er dann sagt,
wie schön's dort wär,
wo er herkommt,
so sag ich prompt:
»Dann frag doch nicht,
du Arschgesicht.«

Supermarkt

War gestern im Supermarkt, sagt ein Verkäufer: »Ah, isch kenn Sie?« Ich: »Ja, kann sein.« Er: »Ja, ja, isch kenn Sie. Sie sind der eine.« Ich: »Ja, kann gut sein.« Er: »Ja, ja, isch kenn Sie, Sie sind der eine, Sie sagen immer so: ›Ja, hallo erst mal, ich weiß gar nicht …‹ Ich: »Genau, der bin ich.« Er: »Ja, isch kann mir Jesichter janz jut merken.« Ich: »Ja? ICH MIR AUCH!«

Eigentlich gehe ich ja sehr gerne in den Supermarkt, auch ziemlich oft, bestimmt dreimal die Woche. Ich gehe immer in denselben, ich kauf auch immer das Gleiche, ist ganz einfach: Immer erst mal zwei Bananen, dann eine Apfel-Zwiebel-Leberwurst, dann ein »Weg-Bier« für den Rückweg, eine Dose Prosecco für die Badewanne und, ganz wichtig, an der Wursttheke noch Käse. Wir haben da nämlich eine ganz tolle Käseverkäuferin, so eine richtig tolle Käseverkäuferin, so eine, bei der man schon von weitem sieht: Die hat schon viel … Käse gegessen. Der ist der Käse quasi auf den Leib geschneidert worden. Wir verstehen uns super, wir sind einfach auf einer Längenwelle, können uns auch ganz prima kabbeln. Neulich war ich wieder bei ihr, habe über ihre Theke geguckt und gesagt: »Na? Na, Käsefrau, wieder am

Käse Verkaufen?« Darauf sie: »Na, König, wieder am Rumlungern.«[14]

Hab ich gesagt: »Ja, sichi!«

Sie: »Und, König, was darf's sein? Wieder so wie immer: Drei Scheiben Brennessel-Ziegen-Gouda von der freilaufenden Jungziege, dünn geschnitten und ohne Rinde, aber nur, wenn ich die Rinde nicht mitwiege, weil der feine Herr sonst woanders einkauft? Und am Schluss wieder 'ne Scheibe Fleischwurst in die Hand, aber nur, wenn's keiner mitkriegt?«

Darauf ich: »Ja, sichi. Wie können Sie sich das nur alles merken, mit Ihrem löchrigen Käsehirn?«

Sie: »Ganz einfach, König, mit einer tierischen Eselsbrücke: Wenn der Esel kommt, dann gibt's Ziegengouda. Und weil er noch ein Kinde ist, der Esel keine Rinde isst.«

Hab ich gesagt: »Pass mal auf, du Reimwurst. Warum gibt's hier eigentlich keine Käseprobierstückchen mehr, mit Zahnstochern, hier auf deiner riesigen Theke?«

Da sagt sie: »Ach, König, wat glauben Sie denn? Wenn wir hier auf unserem Monitor sehen, dat Sie am Kommen sind, dann räumen wir hier alles weg, wat irgendwie nach umsonst aussieht. Da waren ja am Schluss sogar die Zahnstocher alle.«

Ich: »Wat, Sie können sehen, ob ich am Kommen bin?«

Sie: »Ja, sichi.«

Hab ich gesagt: »Das ist mein Spruch, Käsewurst.«

Nee, hab ich gesagt: »Du bist echt in Ordnung, Käsefrau, du bist 'ne richtig töfte Käsefrau, ehrlich, von dir könnte sich manch einer noch 'ne Scheibe … Dann kommst du auch näher an die Theke ran.«

Ich bin dann weitergezogen, wollte langsam zur Kasse gehen, habe noch mal in meinen Wagen geguckt, und dann gedacht: *O*

---

[14] *Das ist der sogenannte Kölsche Infinitiv: »wieder am« und dann das Verb im Infinitiv. In Köln hört man oft Sätze wie: »Na, Jupp, biste wieder dem Manni sein Moppet am Reparieren?« oder »Na, Fritz, biste wieder der Helga ihren Ausschnitt aus am Spionieren?«.*

Mann, ist das trostlos. Johann, du kaufst immer das Gleiche, hier liegen immer die gleichen Sachen im Wagen, seit fünfzehn Jahren ernährst du dich von vielleicht fünfzehn verschiedenen Produkten. Johann, das kann nicht gesund sein.

Also habe ich überlegt, was ich machen könnte, habe meinen Wagen in eine Ecke gestellt, bin im Supermarkt rumgelaufen, habe mir dann den erstbesten unbewachten, randvollen Wagen geschnappt und bin damit zur Kasse gerast.

Und da hab ich auch zu mir gedacht: *Mensch, Johann, manchmal biste aber auch ein unberechenbarer Rabauke.*

So, und als ich an der Kasse stand, sagte die Kassefrau: »Na, König, lange nicht gesehen.«

Hab ich gesagt: »Witzig, witzig, Kassefrau. Machen Sie Ihren Job, ich mach meinen.«

Da sagt sie irgendwann: »König, was ist los? Gouda mit Rinde? Prosecco aus der Flasche? Binden mit Flügeln? Was ist los, König?«

Da habe ich ganz freundlich zu ihr gesagt: »Halt die Fresse.«

Sagt sie: »Ja, macht 80 Euro.«

Hab ich gesagt: »HAB ICH NICHT, 80 EURO!«

Sagt sie: »Soll ich's Ihnen anschreiben?«

Ich: »Ja, das wär nett.«

Sagt sie: »Darf ich aber nicht.«

Hab ich gesagt: »Hier 75, Rest ist für dich.«

Bin dann rausgegangen, wollte jetzt mein Weg-Bier aufmachen, nach dem Stress, hab ich gemerkt: *Verdammte Hacke, hab kein Weg-Bier gekauft.* Hatte ich nur diesen Flaschenprosecco, hab ich den geköpft, ordentlichen Schluck genommen. Plötzlich kommt 'ne Frau auf mich zu und macht Handy-Fotos von mir. Sagt, sie wär Leserreporterin und sie stelle sich schon die Schlagzeile in der Zeitung vor: »Prösterchen! Prosecco-König arbeitet vorm Supermarkt an seinem neuen Programm.«

Bin ich aufgestanden, habe sie zurückfotografiert und gesagt:

»Ja, ich stell mir auch schon die Schlagzeile vor: Ein Fall für die Klapse! Diese verrückte Stalkerin belästigt beliebten Komödianten.«

Sie hat dann aufgehört damit und meinte irgendwann: »Kann ich auch 'n Schluck haben?«

Hab ich gesagt: »Ja, sichi.«

Wir haben dann gemeinsam ein bisschen getrunken, haben die Flasche kreisen lassen. Da sagte sie plötzlich: »Sie glauben ja nicht, was mir gerade im Supermarkt passiert ist?«

Ich: »Ne, dat glaub ich auch nicht.«

Sie: »Mir ist gerade im Supermarkt nach einer Dreiviertelstunde einkaufen, ist mir der komplette Wagen geklaut worden.«

Ich: »Ja, wer macht denn so was? Obwohl, geklaut kann man nicht sagen, die Sachen gehörten Ihnen ja noch gar nicht. Die mussten immer noch bezahlt werden. Und wenn Sie Ihren Wagen da auch so hinstellen …«

Sie: »Das ist übrigens hier mein Lieblingsprosecco…«

Ich: »Jaha, der … der ist gut.«

Sie: »Darf ich mal Ihre Einkäufe sehen?«

Ich: »Nö.«

Sie: »Was ist das denn da, was guckt denn da aus der Tüte raus? Binden mit Flügeln, wozu brauchen sie Binden mit Flügeln?«

Ich: »Ach, ich sitze oft am offenen Fenster … und werf Papierflieger raus. Und wenn ich gerade keine Lust habe, die zu falten …«

Sie: »SIE waren das doch, Sie haben mir den Wagen weggenommen, geben Sie's zu, Sie Schwein, Sie blödes, fieses Schwein …«

Ich: »Ganz ruhig. Jetzt beruhigen wir uns erst einmal, okay? Egal, wer Ihnen die Sachen ›geklaut‹ hat, ich gebe Ihnen jetzt ganz umsonst einen Tipp, wie Sie heute noch mit Gewinn nach Hause gehen können. Passen Sie genau auf: Sie gehen jetzt noch einmal in den Supermarkt, und ich gebe Ihnen vorher meinen Bon mit …«[15]

---

[15] *Siehe hierzu die Geschichte ›Kuli-Umtausch‹ im Kapitel »Wieso man jeden Kassen-Bon niemals nicht wegschmeißen sollte, worauf man bei Bettlern achten muss und warum die Aussprache oft so entscheidend ist« auf Seite 108.*

Wie der is(s)t

Wie der kommt, wie der guckt, wie der sich neben mich setzt,
wie der die Zeitung aufschlägt und sich die Finger benetzt,
wie er blättert, wie er raschelt, wie er sich die Nase putzt,
wie er alleine die gemeinsame Armlehne benutzt,

wie er da sitzt, wie er redet, wie er sich durch die Haare fährt,
wie er schwitzt unter den Armen und sich stümperhaft ernährt,

wie er isst, wie er liest und vor allem was er liest,
wie er riecht, wenn er gähnt, wie er guckt, wenn er niest,
wie er dauernd völlig ungeniert auf meinen Zettel stiert,
wie er lautstark aber ganz ohne Empfang telefoniert.
Wie er atmet, wie er müffelt, wie er mittlerweile stinkt,
wie er mich alleine durch sein Sein ins Bordrestaurant zwingt,
wie er aufsteht, wie er lächelt, wie er freundlich tut, der Hund,
dieses feiste fiese Grinsen, dieses Falsche um den Mund.
Jetzt berühr ich seine Knie, ich glaub, ich muss mich übergeben,
wie es aussieht, werd ich diese Zugfahrt hier nicht überleben.

Und jetzt sitz ich auf dem Klo, seinen Geruch in meinen Kleidern,
und denke: *Ganz schön kreativ, sich in was reinzusteigern.*

In einer Kölner Kneipe

Ich wohne jetzt seit ungefähr genau zehn Jahren in Köln, und
immer häufiger habe ich das Gefühl, in all den Jahren ein richtig
Kölsches Urgestein geworden zu sein. Am stärksten merke ich
das, wenn ich längere Zeit verreist war. Wenn ich dann nach ein,
zwei Wochen wieder in Köln einfahre und von der Autobahn den
Dom nur sehe, dann geht mir immer so die Buchse auf, dass ich
spontan ausrufe: »Helau, da bin ich wieder!«

Köln ist für mich die schönste Stadt auf der ganzen …, im ganzen …, also im gesamten Weltall. Köln ist eine Stadt, die man einfach lieben muss. Wer Köln nicht liebt, bekommt viel zu schnell die Toleranz der Kölner zu spüren. Ich habe mal auf die U-Bahn gewartet, die U-Bahn fuhr ein, und aus Spaß habe ich zu einem Nebenstehenden gesagt: »Guck mal da, der Zuch kött.« Da hat der mich ganz böse angeguckt und hat gesagt: »Pass ens up, ming Jung, wenn, dann heiß dat: D'r Zoch kütt.« Und wenn ich das noch einmal extra falsch sagen würde, dann hätte ich aber ein Problem … an der Backe.

Das sind natürlich nur Kleinigkeiten, grob gesehen ist Köln natürlich ein, ein, ein, ein, ein, ein, ein, ein, ein riesiges, bebautes Gelände. Gerade auch architektonisch finde ich das hier immer wieder … tja, provokant gelöst. Eine Architektur, die aneckt. Ich empfehle Besuchern immer, hier Hilfsmittel in Anspruch zu nehmen, um ihre Wahrnehmung ein Stück weit zu verbessern. Ich mache das auch oft, das klappt aber natürlich längst nicht immer. Neulich habe ich vergeblich versucht, mir den Barbarossaplatz schönzusaufen …, schwierig. Wer glaubt, dass man mit nur zwei Flaschen Ouzo auch nur irgendetwas erreicht, der hat aber die Rechnung ohne den Architekten gemacht.

Trotzdem mal machen! Was da für Bilder entstehen, wenn man mit einer Flasche Ouzo mitten auf dem Barbarossaplatz steht …, was da auf einen zukommt, das ist wirklich irre.

Was ich an Köln besonders mag: Man lernt sehr schnell Leute kennen. Ich lerne oft Leute kennen, Leute lerne ich kennen, ich lerne Leute kennen, Leute, Leute, Leute. Oft lerne ich Leute kennen, da denke ich schon eine halbe Stunde, bevor die den Mund aufmachen, denke ich schon: *Halt bloß den Rand*. Wenn ich in Köln in eine Kneipe gehe, dann muss ich immer als Erstes erst vier Ouzos trinken, um selber auch nur ansatzweise auf das Niveau zu kommen, das die schon den ganzen Tag haben.

Herr König weilt lange an der Theke des Low Budget.

Als ich noch neu war in der Stadt und noch niemanden kannte, da bin ich einfach mal spontan in eine Kneipe an der Ecke gegangen, eine sogenannte »Eckkneipe«, habe mir flott zwei Kölsch und drei Ouzos reingepfiffen und wollte gerade wieder gehen, als ich plötzlich folgenden, wohl mir geltenden Satz hörte:
»Nit wiggerjonn, bliev stonn, ming Jung.«
Da hab ich mich umgedreht, den Sprecher angeguckt und gesagt:
  »Ja, ja, das …, also das sag ich auch immer.«
Plötzlich stand er auf, hielt mich am Arm fest und fragte mich:
  »Kannste misch nit verstonn?«
Da hab ich gesagt: »Jooooooo. Das glaub ich auch. Das ist genau mein Humor. Wir verstehn uns.«
  Er ließ mich aber immer noch nicht gehen, war auch schon angeheitert, glaube ich, jedenfalls nahm er mich fast väterlich zur Seite und sagte:
  »Pass ens op, ming Jung, isch hann jesinn, du wulls wiggerjonn, ävver hee, in Kölle, do sare mer: Nit wiggerjonn, stonn blieve.«
  »Ja, aber, mir ist kalt, ich muss raus, ich müsste jetzt irgendwie mal …«
  »Joh, nee, verstehste misch nit? Bliev stonn, ming Jung, bliev stonn. Mir stonn zesamme. Mir stonn zesamme en unsrem Veedel, und do drinks jetz eine met.«

Schneller als ich »ich mag kein Mett« sagen konnte, stand ich plötzlich in einer zwangsgeselligen Runde mit drei halbseidenen, halbbesoffenen Halbglatzen: Rechts von mir Kollege Schnautz, links von mir Kollege Zwirbelschnautz, und mir direkt gegenüber der Kollege SuperjeilerVoKuhilaZwirbelSchwulschnautz.

Wir standen rum und tranken ein Kölsch nach dem anderen, ohne allerdings jemals eines zu bestellen. Zwischendurch klingelte immer wieder das Telefon mit seinem typischen Kölschen Klingel-ton: »Klünge lünge lüng.«

Die Zeit vergeht im Flug wie nie, der Abend wird spät, das Kölsch bleibt Früh[16], dachte ich irgendwann schmunzelnd in mich rein.

Nach etwa drei Stunden hörte ich mich unfallfrei folgenden Satz sagen:

»Ja, sischa, Jupp, un wenn dat Trömmelsche jeiht, dann schütt isch mir de Kaffee in de Kopp. Un op dem Maat, da stonn die Bure, un verkoofe Ätzesopp.«

Angewidert von mir selbst ging ich irgendwann zur Toilette. Vor der Kloschüssel lag eine angedaute Erbsensuppe, guckte mich an mit ihren Glupschaugen und sagte: »Nimm mich jetzt, ich bin noch warm!«

Und um mir Luft zu machen schrieb ich zehnmal an die Klotür: »Zäng huh, Arsch ussenander.«

Zurück am Tresen fiel mir ein Mann auf, der vorher noch nicht da gewesen war. Er sah ein bisschen merkwürdig aus, ich wusste aber nicht genau, was an ihm so merkwürdig aussah. Und so habe ich ihn einfach weiter beobachtet und gedacht, dass er im Grunde ziemlich unheimlich wirkte. Mir war aber nicht klar, was an ihm so unheimlich war. Und dann dachte ich: *Dieser Mann, der da steht, das ist im Grunde ein weißer … Neger!* Er hatte weiße Haut, wei-ßes Kraushaar, ganz breite Lippen und zu allem Überfluss hatte er auch noch schwarze Zähne. Und dann hab ich gedacht: *Der sieht ja aus wie ein Negativ. Oder wie ein Negertiv. Wie das Negativ von*

---

[16] *Eine von achtundzwanzig mehr oder weniger beliebten »Kölsch«-Sorten.*

Roberto Blanco. Nein, Negertiv! Daher kommt das! Dann habe ich es immer falsch geschrieben.

Herr König hier mal als Negertiv!

Auf jeden Fall bekam ich mit, dass dieser Mann total rumjammerte und erzählte, es wär alles so furchtbar schrecklich in seinem Leben. Und da habe ich ihn einfach mal gefragt, wo er denn so negativ geworden ist. Und ob er zu lange im Entwicklungsland war.

Auf jeden Fall erzählte dieser Mann, dass er wahrscheinlich heute Abend noch vor'n Hochhaus laufen will … mit Karacho …, nee, vom Hochhaus laufen will. Das wollte ich natürlich verhindern, und deshalb habe ich dann überlegt, wie ich ihm das wieder austreiben könnte, ohne allerdings den anstrengenden Weg der Argumentation zu gehen. Ich habe mich dann an ein Sprichwort erinnert, habe einen Regenschirm besorgt, bin zu ihm zurück, und dann habe ich versucht, ihm mit diesem Regenschirm den Gedanken ganz vorsichtig aus dem Kopf zu schlagen. Ich war sehr gespannt, denn ich hatte so etwas noch nie gemacht. Aber es klappte tatsächlich. Als ich nach zwei Minuten etwas fester zuschlug, da meinte er: »Mann, ist dat 'nen schöner Abend! Aber warum haust du mir auf dem Kopp rum?« Da hab ich gesagt: »Pass mal auf, Schneehase! Ich zeig dir jetzt mal, wie ich die Frau da vorne mit einem Spruch klarmache!« Ich bin dann auf die fremde Frau zugesteuert, habe sie feste am Nacken gepackt und hab gesagt: »Ich trink Ouzo, was machst du so?«

Auf jeden Fall waren wir kurze Zeit später zu dritt, wir drei haben uns noch einen richtig schönen Abend gemacht, und irgendwann waren wir so sternhagelvoll, dass wir zu dritt das Spiel IDIOTEN-DREIER gespielt haben: Einer geht raus, und die beiden anderen müssen raten, wer draußen ist.

Zugfahrt

Gestern bin ich mit dem Zug gefahren. Bin zum Bahnhof, dann eingestiegen, … ach, ne, es war anders. Erst mal hatte der Zug Verspätung. Kennt Ihr das? Der Zug hatte Verspätung. Aber »nur« vierzig Minuten. Versteht ihr? »Nur«. »NUR«. In Anführungszeichen. Vierzig ist eigentlich viel. Aber so »nur« nicht mehr. Zwinker, Zwinker.

Also, ich bin eingestiegen, und es war so, ich habe den Zug so gerade noch gekriegt. Ja, ich hatte auch Verspätung. Ungefähr 40 Minuten. Bin ja nicht bescheuert und gehe pünktlich zum Bahnhof.

So, ich bin also eingestiegen, und es war mir total egal, ich einfach eingestiegen, habe auch …, ach, habe überhaupt nicht gesagt, wo er hinfahren soll. War ja kein Taxi-Zug.

Irgendwann wollte ich dann aber doch mal eine Auskunft haben, und es kam ein Schaffner, und ich dachte, ich frag ihn einfach. Der Schaffner, ja, sah jetzt nicht so aus, als hätte er heute große Lust zu arbeiten. Nichtsdestotrotzalledem habe ich ihn angesprochen, habe gesagt: »Na? Na, Schaffner. Beruflich hier? Oder ist schon Fasching?«

Der Schaffner hat überhaupt nicht reagiert. Und ich habe dann einfach mal den Notfallhammer vom Fenster gerissen und geprüft, ob der Kniesehnenreflex bei ihm auch im Stehen funktioniert. Er hat wieder überhaupt nicht reagiert, ist ganz normal weitergelaufen. Wir sind weitergefahren. Und plötzlich war mir total langweilig. Urplötzlich war mir unfassbar langweilig. Und ich wusste nicht, wieso. Habe dann eine Mitreisende gefragt, warum das hier so langweilig ist, und sie sagte, das wäre hier immer so. Auf dieser Strecke.

Ich bin dann einfach aufgestanden, bin im ganzen Zug rumgelaufen und habe Koffer umgestellt. Einfach Koffer genommen, woanders hingestellt, war mir total egal. Hauptsache, ich hatte was zu tun. Teilweise habe ich die Koffer auch ganz woanders hingestellt. Es kam eine Frau auf mich zu und fragte: »Wo ist denn mein Koffer?« Habe ich gefragt: »Der rote?« Sagt sie: »Ja.« Habe ich gesagt: »In Münster auf Gleis 3.«

Da hat die sich total aufgeregt, hat gefragt, wie sie denn jetzt nach Münster kommen sollte. Habe ich gesagt: »Nehmen Sie doch Münster für to go.«

Hat die sich nur noch mehr aufgeregt. Und das Problem war, die hatte ein Muttermal am Kinn. So ein rosinenartiges, schrumpeliges, braunes Muttermal. Und dieses Muttermal hat sich immer stark mitbewegt, wenn sie sich so aufregte. Und ich musste da immer hingucken. Und dann habe ich mich kurz gefragt, ob ich meinen Milchaufschäumer dabeihabe.

8. Kapitel

Der Trend-König, Teil IV

Hallo, Freaks, Trendscouts und Hinterherhinker!

Der neue Trend ist:
Tattoos entfernen + X
Genau: + X.

Wie oft denkt man sich:
Wat nu, wat nu, mit meinem Tattoo? Das war ja mal schön, das war sogar mal richtig schick, geradezu trendy. Aber jetzt sieht es irgendwie aus wie ein hingerotztes Gekrakel. Und meine Haut wird auch nicht mehr straffer. In zehn Jahren sieht das aus wie ein Uhrengemälde von Dalí.
   Also runter damit, aber dalli, dalli.

Und so wird's gemacht:
Einfach Teppichmesser heiß machen, … oh, ne, Quatsch, natürlich musst du zum Fachmann in die Schönheitschirurgie. Sonst heißt es nachher noch Tattootata.
   Der Fachmann schneidet dir sorgfältig alle fiesen Hautbereiche raus.

Das Tolle daran ist:
Wenn du mal übergewichtig warst, dann sehr viel abgenommen hast, und daher jetzt sehr faltig aussiehst, dann kann dir der Herr Doktor auch im Ganzen tätowierte Hautlappen rausschneiden. Die kannst du dir dann ans Fenster hängen oder eine Trommel damit bespannen.
   Und wenn du ein Tattoo unterhalb der Brust entfernen lässt,

dann kann die Stelle auch direkt zur Silikoneinsetzung genutzt werden.

Oder zur Fettabsaugung. Und die Leute werden sagen: »Guck mal, kein Tattoo mehr, größere Brüste und der Speckgürtel ist weg.« Und du sagst: »Ja, und das alles nur mit einem kleinen Pieks.«

Aber Vorsicht:
Wenn du komplett am ganzen Körper tätowiert bist, und der Arzt dir zur Entfernung aller betroffenen Hautstellen rät, dann handelt es sich beim Arzt wahrscheinlich um Gunther von Hagen. Und dann solltest du ganz schnell weglaufen, denn sonst landest du bald bei den »Körperwelten«.

Der neue Trend ist:
Den ganzen modernen Trendscheiß nicht mehr mitmachen
Genau. Du machst das alles nicht mehr mit. So.

Wie oft denkt man sich:
Mein Gott, Handy, MP3-Player, Laptop, Digitalkamera. Was brauch ich denn jetzt davon. Und was ist wofür?

Doch du kannst dich entspannen, denn jetzt gehst du einfach mal fünfundzwanzig Jahre zurück.

Und so wird's gemacht:
Handy verkaufen, MP3-Digicam-Laptop-Weblog-Playstation, alles wegwerfen, wieder ein ehrliches Telefon mit Schnur und Wählscheibe besorgen. Dann holst du die alte Schreibmaschine aus dem Keller, den Plattenspieler und auf dem Flohmarkt einen

schönen alten ATARI-Computer, am besten einen P 64. Und darauf spielst du dann den ganzen Tag Tennis. Abgefahren, nur eine Dimension!

Dann kaufst du dir ein Auto, das nur bleihaltiges Benzin verträgt, versuchst es, in D-Mark zu bezahlen und am Nachmittag hörst du Modern Talking auf deinem Walkman. Krass, eine mobile Musikstation.

Das Tolle daran ist:

Du musst nie wieder eine dusselige SMS beantworten, kriegst keine Spam-Mails und wirst nicht auf schmutzige Internetseiten gelockt. Außerdem fährst du kaum noch Auto, weil das verbleite Benzin so teuer ist.

Wenn dir das alles zu weit weg ist, dann kannst du natürlich auch nur zwei Jahre zurückgehen und den ganzen Tag »Schnappi« hören. Hauptsache, die Sache ist absolut out.

Aber Vorsicht:

Du solltest nie so tun, als gäbe es Deutschland noch in den Grenzen von 1914. Denn das ist schon zu lange out. Und dann gibt's ganz schnell auf die Fresse, zum Beispiel von den Polen.

Der neue Trend ist:
Baden

Genau. Ba-den.

Wie oft denkt man sich:

Mein Gott, ist das heiß. 42 Grad im Schatten ist aber auch ordentlich. Jetzt 'ne kalte Dusche. Das wäre super.

Doch das ist falsch. Denn Hitze wird jetzt mit Hitze bekämpft.

Und so wird's gemacht:

Wenn die Sonne so richtig brennt, dann brennst du drauf, baden zu gehen. Wassertemperatur auf 42 Grad einstellen und schön reinlegen in die warme Brühe.

Auch deinen Fischen könntest du bei der Hitze mal einen warmen Gruß schicken: Mit dem Bunsenbrenner unterm Aquarium gibt 'ne schöne Fischbouillon.

Das Tolle daran ist:

Beim Baden kann man lesen, rauchen, trinken, telefonieren, essen, die Füße anheben und so weiter. Versuch das mal beim Duschen. Na also. Baden ist das neue Duschen. Denn: Wer badet, duscht nicht. Und umgekehrt.

Also Leute: Lasst Wasser ein und steigt hinein. Baden entspannt die Waden.

Lieber Heißbader als Warmduscher.

Aber Vorsicht:

Wenn du nach dem heißen Bad erst einmal für 'ne Stunde in die Sauna gehst und danach ins Sonnenstudio, dann wirst du für lange Zeit aussehen wie ein verschrumpelter Bratapfel.

Der neue Trend ist:
Blutdoping mit dem Handy

Genau: Blutdoping mit dem eigenen Handy.

Wie oft denkt man sich:

Boah, bin ich kaputt, müde, antriebsschwach, lustlos, lernfaul, abwesend, apathisch, verkatert, verkorkst und verkokst. Was soll ich nur tun dagegen?

Aber das ist doch kein Problem, denn wie sagte schon unser allerliebster Fahrradfahrer: »Ich bin gut dank Eigenblut.«

Und darum gibt es jetzt – nach neuesten Erkenntnissen aus dem Radsport – ein revolutionäres Handy, das »Pimp up your blood Handy« mit der einzigartigen »Pimp up your blood«-Schnittstelle.

Und so wird's gemacht:

Einfach »Pimp up your blood«-Handy kaufen, Schutzhülle von der Antenne abmachen, und schon siehst du eine kleine, feine Nadel. Die schiebst du dir nun vorsichtig in deine große, blaue Unterarmvene und dann drückst du die Sterntaste. Nach etwa 300 ml ist das Handy voll und du drückst die Rautetaste.

Das Tolle daran ist:

Du kannst jetzt *das* Programm auswählen, das dir am besten hilft: Speziell für die Schule gibt es den Hormon-Cocktail aus Testosteron, Cortison, Machschonduklon, und – ganz wichtig – Vitamin C.

Des Weiteren gibt es für den Sportbereich den ausgewogenen Aufputsch-Mix aus Adrenalin, Endorphin, Heroin und – damit es keine Spuren hinterlässt – Terpentin.

Anschließend führst du dir das Blut wieder zu, und schon nach wenigen Minuten fühlst du dich wie ein neuer Mensch.

Und nach dem Sport singt ihr alle gemeinsam: »Wir sind schnell wie Antilopen, weil wir vor dem Training dopen.«

Aber Vorsicht.

Stiftung Warentest hat herausgefunden: Eine falsche Dosierung macht die Frau zum Mann. Und umgekehrt. Also immer Perso bereithalten.

Der neue Trend ist:
Immer ein Kind ungetauft lassen

Genau. Immer ein Kind nicht taufen.

Wie oft denkt man sich:
Mein Gott, wenn ich mal Kinder habe, dann streiten die sich bestimmt immer, wer denn jetzt den Tisch abdeckt oder den Rasen mäht. Oder die Dachpfannen reinigt.

Doch jetzt komm Abhilfe, denn jetzt kann man die Arbeitsaufteilung der Kinder schon bei der Taufe festlegen.

Und so wird's gemacht:
Wenn du zum Beispiel Zwillinge bekommen hast – nennen wir sie spaßeshalber einfach mal Kain und Abel –, dann wird auf jeden Fall nur einer der beiden getauft, sagen wir mal Kain. Abel ist also nicht getauft, und wenn es dann irgendwann einmal darum geht, wer das verdreckte Auto saubermachen soll, dann rufst du einfach nur: »Abel, Heidenarbeit wieder hier. Da, Auto. Los.«

Das Tolle daran ist:
Mit dem Ungetauften kann man auch prima essen gehen, denn wenn es ums Bezahlen geht, dann sagst du einfach: »Mein Gott, das kostet ja wieder ein Heidengeld hier.«

Und dann singt ihr gemeinsam: »Gut, dass Abel nie vergisst, dass er so spendabel ist.«

Aber Vorsicht:
Stiftung Warentest hat über nicht getaufte Heidenkinder bisher noch gar nichts herausgefunden. Verdächtig, verdächtig.

Der neue Trend ist:
Anglizismen scheiße finden
Genau. Anglizismen scheiße finden.

Wie oft denkt man sich:

Mein Gott, Anglizismen, ey sorry, aber Anglizismen, ne, die sind doch voll uncool. Anglizismen sind echt no go. Die gehen gar nicht. I hate Anglizismen. Fuck Anglizsm. Fuck. Man sollte die alle canceln, die fucking anglizismen.

Richtig.

Und so wird's gemacht:

Einfach einen Anglizismus raussuchen und dann so was sagen wie:

»Boah, hör mir auf mit Anglizismen, ne, mein schlimmster, mein worst favourite Anglizismus ist ja ›Meeting‹. Meeting. Sorry. Aber Meeting, ne, da kann man doch auch sagen: Treffen. Ich habe ein Treffen gehabt. Meeting. Wenn ich das schön höre. Oder beim Auto, ich habe ein Auto gemietet, auch so ein Beispiel. Ich habe ein Auto getroffen. Oder ausgeliehen. Meeting. Fuck Meeting.

Oder Team, sorry, aber Team, das hat ja der Klinsmann eingeführt, aber da kann man auch sagen: »Wir sind ein …, wir sind eine Gruppe.«

Das Tolle daran ist:

Alle werden dir zustimmen, weil du einerseits cool daherredest, andererseits als Verfechter der deutschen Sprache als eloquenter Schöngeist dastehst.

Aber Vorsicht:

Stiftung Warentest hält solche wie dich für komplett geistesgestört. Na, immerhin.

Der neue Trend ist:
Schweigen.

Genau: SCHWEIGEN.

Wie oft denkt man sich:

Mein Gott, was labert die mich wieder voll? Das ist ja fürchter-
lich, kann die nicht mal die Sabbel halten? Oder umgekehrt, man
denkt: *Oh, Mann, was rede ich wieder für eine Scheiße hier? Hab*
ich das gerade wirklich gesagt, dass man alle Anglizismen cancen
sollte? Au Mann, ich glaub, ich hab Sprechdurchfall, Logorrhoe,
ich muss kotzen …!

Gemach, gemach, junger Freund, denn ab jetzt hältst du einfach mal den Rand.

Und so wird's gemacht:

Das Tolle daran ist:

Keiner hört, *was* du denkst, aber alle glauben, *dass* du denkst.
Aber du sitzt nur da und fühlst, du glaubst, du schwebst. Und
gehst. Und lebst. Olé, Olé, Olé.

Aber Vorsicht:

Stiftung Warentest hat herausgefunden: Schweigen erschwert die
Kommunikation. Gerade als Lehrer oder im Call-Center sollte man
sich das Schweigen genau einteilen. Alles klar?

Der neue Trend ist:
Neue Energien aus alten Allergien

Genau. Energien aus Allergien.

Wie oft denkt man sich:

*Mein Gott, ich hab Allergien. Pollen, Gräser, Wiesen, davon muss
ich niesen, Kupfer, Chrom und Nickel, davon krieg ich Pickel, und
von dir, du Sack, von dir krieg ich Plaque.*

Und wozu das alles?

Das will ich dir sagen, mein Freund, denn jetzt kannst du deine
Allergien in Energien umwandeln.

Und so wird's gemacht:

Vor der Nies-Attacke, das heißt, wenn die Nase anfängt zu krib-
beln, einfach den Nies-mich-voll-Apparat rausholen, anlegen und
dann kräftig in die Nies-mich-mal-so-richtig-voll-Maske niesen.
Die Apparatur wandelt dann sofort deine Nies-Energie in richtige
Energie um, und du kannst zum Beispiel dein Handy damit aufladen. Einmal Niesen bringt bei richtiger Anwendung Strom für
fünf Minuten Telefonieren.

Das Tolle daran ist:

Es gibt sogar schon die Furz-mich-voll-Maske, die du dir hinten
in die Hose steckst. Sie ist in der Lage, aus jedem noch so kleinen
Pupser die vorhandene Energie zu speichern und umzuwandeln.

Also, wenn dein Akku mal alle ist: Einfach die Birkenpollen direkt
in die Nase reiben oder mal wieder so richtig viele Bohnen essen.
Du kannst sogar dein eigenes Niesen oder Furzen als Klingelton
runterladen.

Aber Vorsicht:

Stiftung Warentest hat herausgefunden: Häufiges Niesen und Pup-
sen macht einsam. Aber dafür hast du ja dein Handy. Du Fuchs.

Der neue Trend ist:

Jetzt schon in depressive Herbststimmung verfallen

Genau. Jetzt schon.

Wie oft denkt man sich:

Mein Gott, es ist zwar immer noch Sommer, aber die Melancholie des Herbstes zieht mich bereits jetzt in ihren Bann. Zieht mich wie der Sog des abebbenden Meeres hinaus in eine dunkle, kalte und nasse Zeit, und dort bade ich in Trübsal und Selbstmitleid.

Und so wird's gemacht:

Einfach Badewasser einlassen, Radio, Föhn, Toaster, elektrischen Rasierer, Kaffeemaschine und so weiter auf den Badewannenrand stellen, anschließen und das Leben noch mal richtig genießen.

Das Tolle daran ist:

In deiner Scheiß-egal-Haltung kannst du auch noch einmal richtig aufräumen in deinem Leben und all deinen Bekannten und Freunden am Telefon sagen, was du wirklich über sie denkst.

Aber Vorsicht:

Stiftung Warentest warnt: Selbstmord durch Strom in der Badewanne ist bei den aktuellen elektrischen Standards nicht mehr möglich. Und wie erklärst du deinen Freunden und Bekannten, dass bei dir auf einen Schlag alle möglichen Geräte kaputt sind? Obwohl: Nach eurem letzten Telefonat musst du dir eh ganz neue suchen. Geräte, Freunde und Bekannte.

Der neue Trend ist:
Spatzenklatschen

Genau: Spatzenklatschen.

Wie oft sitzt man im Café und denkt:

Mein Gott, diese Spatzen. Können die nicht woanders betteln, Wenn ich nicht aufpasse, fressen die mir den ganzen Kuchen weg.

Doch jetzt kommt Abhilfe, denn jetzt gibt's in Anlehnung an die Fliegenklatsche die Spatzenklatsche.

Und so wird's gemacht:

Einfach einen alten Badminton-Schläger mit ins Café nehmen, unterm Tisch verstecken, und wenn so ein kleiner, blöder Spatz mal wieder zu nah an deinen Teller hoppelt, dann holst du blitzschnell deinen Tennisschläger raus und haust ihm den ordentlich über die Rübe.

Das Tolle daran ist:

Mit einem so gesiebten Spatz können im Café ganz neue Gerichte angeboten werden: »Spaghetti mit Spatzenwürfeln« zum Beispiel oder für den Feinschmecker »Gnocchi an Spatzenhirn in Gorgonzola-Sauce«.

Aber Vorsicht:

Was bei Fliegen völlig in Ordnung ist, also mit der Fliegenklatsche draufzuhauen, wird bei Spatzen oft als grausame Tötung unschuldiger süßer, kleiner Singvögel betrachtet. Also am besten damit anfangen, wenn du allein bist.

Der neue Trend ist:
Penetrant Mitmenschen korrigieren

Genau. Mitmenschen korrigieren. Aber penetrant.

Wie oft denkt man sich:
Ach, es geht doch drunter und drüber in der Welt, man müsste viel mehr eingreifen. Die Menschen machen so vieles falsch. Dabei ist im Grunde alles so eindeutig.

Aber dann mach's doch: Korrigiere deine Mitmenschen. Und zwar penetrant.

Und so wird's gemacht:
Einfach mit einem Megaphon an die Fußgängerampel stellen und wenn einer über Rot geht, dann brüllst du: »Rotgänger Todgänger, Grüngänger leben länger.«

Und wenn dann noch ein falsch fahrender Fahrradfahrer vorbeikommt, dann schreist du ihn einfach mit einem kräftigen »falsche Seite« vom Rad.

Wenn beim Friesbee-Werfen dein Mitspieler ruft: »Werf schon«, dann wirfst du ihm einfach ein schnippisches »Wirf!« entgegen. Und wenn er dann sagt: »Na, dann schmeiß halt«, dann antwortest du: »Auch falsch: Männer werfen, Frauen schmeißen. Genauso wie Männer fangen und Frauen schnappen.

In Bahnhöfen oder Restaurants kannst du den Leuten, die nicht in den ausgewiesenen Raucherbereichen rauchen, einfach die Zigaretten aus der Hand reißen, und ihnen stattdessen das Brot in die Hand drücken, das du im Park alten Omas beim Entenfüttern mit dem Hinweis »sonst kippt der See wieder um« aus der Hand gerissen hast.

Das Tolle daran ist:
Mit dem Hinweis »Brot statt Teer« kannst du eine ganze Kampagne für die Volksgesundheit ins Rollen bringen.

Aber Vorsicht:

Wenn du eine Jugendgang siehst, die gerade einen Zehnjährigen vermöbelt und beklaut, und dann hingehst und sagst: »Hey, Leute, passt auf, ich halt ihn fest, und ihr durchsucht ihn, der hat sein Portemonnaie bestimmt im Schuh versteckt«, dann gehörst du im Grunde in die Waffen-SS.

Hast du einen Trend verpennt, Johann fragen, Danke sagen.

9. Kapitel

Warum früher alles schlimmer war, wie Wind- pocken gegen Langeweile helfen und was Gun- ther von Hagen mit all dem zu tun hat

Ich sag immer: »Auf Dauer ist alles nur eine Frage der Zeit.«

Doll. Mit einem Satz den Pudel entkernt. Ein berühmter Fußbal- ler sagte nach einem verlorenen Spiel mal den Satz: »Wir müssen jetzt die Arme hochkrempeln.« Dabei passt dieser Satz viel besser zum »Körperwelten«-Erfinder von Hagen, der damit den nächsten Schritt bei der Plastinat-Herstellung vorgibt.

Warum heißt es eigentlich immer »ehemalige DDR« aber nie »ehemaliges Drittes Reich«? Ich weiß es nicht. Wenn ich im Osten auftrete, also in der heutigen DDR, dann werden immer ein paar Dinge im Ablauf geändert. Das Programm »ohne proben nach oben« hieß dort zum Beispiel »ohne üben nach drüben«. Und das DDR-Lied kam immer besonders gut an. Was das alles mit Langeweile zu tun hat? Hab ich vergessen.

»Mir ist langweilig« ist im Grunde ein Kinderspruch. Kinder wer- den sehr schnell übellaunig, wenn sie meinen, es passiert gerade nichts oder definitiv zu wenig. Darum sind Kinder vielleicht auch eher bereit, viel Zeit in neue Bekanntschaften zu stecken, wie die folgende Geschichte zu beweisen bemüht ist.

Die Einmach-Omi

Erste Stunde Deutsch, zweite Stunde Englisch, dritte Reli, vierte Bio und in den letzten beiden Mathe. *Was für ein wunderschöner Tag im Leben eines frischgebackenen Siebtklässlers*, dachte ich selbst- ironisch schmunzelnd. Jetzt befand ich mich aber bereits auf dem

Nachhauseweg und freute mich schon auf das Mittagessen. Denn heute gab es Spinat. Angeblich liebte ich Spinat. Mit Kartoffeln und gekochten Eiern, die man mit dem Eierschneider in schöne Scheiben schneiden musste. Das mochte ich wirklich. Oft durfte ich die Eier für die ganze Familie schneiden. Ein schönes Gefühl.

Es faszinierte mich schon immer, wie die Dinge von innen aussehen.

Einmal hatte ich den Eierschneider, oder »Miniharfe«, wie mein Vater das Gerät scherzhaft nannte, mit nach draußen genommen und einen Regenwurm hineingelegt. In den offenen Eierschneider. Ich hatte gehört, dass Regenwürmer weiterleben, wenn man sie zerschneidet. Die zehn winzigen Scheibchen, in die ich den Regenwurm zerteilt hatte, wollten aber partout nicht weiterleben, sondern krümmten sich nur hilflos auf den dünnen Drähten, bis sie schließlich erschöpft aufgaben.

»*Wieso ist mein Ei so rot?*«, fragte anschließend mein Vater beim Mittagessen, doch niemand konnte ihm das erklären. Und der es hätte können, hat es nicht getan.

An Eierscheiben und Spinat denkend wollte ich gerade in die Straße meines Elternhauses einbiegen, da hörte ich plötzlich eine Frauenstimme: »Hey, Junge, kannst du mir helfen?«

»Was?«

»Na, hier mit den Tüten?«

»Äh, ja.«

Eine alte Frau, eine sehr alte Frau – in meinen dreizehnjährigen Augen war sie auf jeden Fall schon über hundert – hatte mich von der Seite angequatscht und bat mich nun, ihr die Einkaufstaschen nach Hause zu tragen. Ich tat es, ohne zu zögern, schleppte die Taschen voller Obst und Gemüse noch hundert Meter zu ihrem Haus, sagte höflich: »Danke«, worauf sie erwiderte: »Warte«. Dann ging sie ins Haus und kam bald wieder raus: »Wieso sagst du ›Danke‹? Ich habe zu danken.«

»Ach ja.«

»Hier mein Junge, für dich.«

»Oh, dan…, äh, das ist aber nett.«

Sie drückte mir ein Zwei-Mark-Stück in die Hand, lächelte mich großherzig an und sagte: »Könntest du das öfter machen?«

»Äh, ja.«

»Vielleicht auch für mich einkaufen?«

»Äh, ja.«

»Dann komm doch nächste Woche einfach mal vorbei, wenn du Zeit hast.« Wortlos sagte ich: »Okay« und ging.

In den folgenden Wochen kaufte ich tatsächlich regelmäßig für die Oma ein. Erst immer freitags, dann jeden Mittwoch, vielleicht aber auch umgekehrt. Ich hab's vergessen. Ich bekam von ihr zwei Stofftaschen, einen Einkaufszettel und zwanzig Mark. Immer in dieser Reihenfolge. Dann musste ich ihr den Zettel vorlesen, einen Schluck Prosecco trinken und losgehen. Ein ulkiges Ritual, wie ich argloser Bengel damals schon dachte.

Je häufiger ich kam, desto vertrauter wurde mir die Oma mitsamt ihrer Oma-Wohnung. Alles war ein bisschen dunkler als bei uns zu Hause: der Teppich, die Möbel, die Wände. Nicht schmutzig, aber irgendwie alles so »ocker«. Das Wort kannte ich aus dem Malkasten. »Beige« würde ich heute sagen. Oder »gilb«. Alles sah ein bisschen aus wie auf einer vergilbten Fotografie aus einer längst vergangenen Epoche.

Am allerspannendsten in ihrer Wohnung fand ich aber die Tiere. Die toten Tiere an den Wänden. Ihr Mann, so erzählte sie mir, war Schmetterlingsjäger gewesen und sie Biologielehrerin. Und deshalb hingen an den Wänden ganze Kästen mit getrockneten, aufgepieksten und sorgfältig sortierten Faltern, Motten und Schmetterlingen. Außerdem standen weiter oben auf einem Sims, den ich damals noch »Brett« nannte, ausgestopft ein Dachs, ein Singvogel, eine Katze und – mein persönliches Highlight – in einem Glas schwimmend ein Embryo. Das alles war im Grunde schon aufregend genug.

Aber mittendrin in dieser museumsreifen Wohnung stand auch noch die Oma und machte ein. Ja, sie machte ein. Tag aus, Tag ein machte sie ein. Das machte sie am liebsten. Sie machte alles ein, was ich einkaufte. Stachelbeeren, Erdbeeren, Pflaumen, Mirabellen, Pilze, Auberginen, Hackbällchen, Bananen, Spargel, Hühnchen, Kirschen, Fisch und so weiter.

»Für schlechte Zeiten«, wie sie immer sagte.

»Man kann alles einmachen, man muss nur wissen, wie«, hatte sie dagegen nie gesagt, obwohl es zu ihr gepasst hätte. Als die Oma mal im Keller war, um Weckgläser zu holen, kletterte ich auf einen Stuhl und betrachtete mein Lieblingsobjekt, den Embryo im Wasserglas. Ich klopfte an das dicke Glas und sagte: »Na, kleiner Mann, da hat sie dich wohl auch eingemacht, was?«

Mit der Zeit wurden wir richtige Freunde, die Oma und ich. Dass sie vermutlich keine Enkel hatte und in mir einen Ersatz dafür sah, wäre mir damals wohl egal gewesen, wenn ich denn darüber nachgedacht hätte. Aber so war es mir noch nicht mal egal. Und ich dachte auch keine Sekunde daran, dass der Embryo vielleicht ihr eigenes Kind war, und kein Mitbringsel aus dem Biologieunterricht. Ich war so herrlich naiv.

Endgültig in ihren Bann gezogen hatte mich die Oma aber an jenem Tag, als sie mir ein wunderschönes verblasstes und unvergängliches Andenken an ihren Mann zeigte: einen tätowierten Schmetterling auf ihrem Oberarm mit der Inschrift: **WALTER**. Eine tätowierte Oma. Wahnsinn. Ich war sprachlos und gerührt zugleich. Und sie auch. Erinnerungen kamen hoch. An Markus aus der Siebten, der war auch tätowiert. Quatsch. An Walter natürlich. Oma begann zu weinen. Kleine, vertrocknete Tränen holperten über ihr schrumpeliges Gesicht. Nicht aus Betroffenheit, eher aus Neugier weinte ich mit.

»Hör auf zu heulen«, raunzte sie mich an. »Blöde Kuh«, dachte ich laut, denn sie hörte schwer. Dann lachten wir.

»Weißt du eigentlich, wie sein Spitzname war?« Ich überlegte.

»Falter-Walter«? »Genau!« Wir lachten wieder und tranken noch ein Gläschen Prosecco.

Ich liebte es, bei meiner Oma zu sein: Ich mochte die Gerüche, die beim Einmachen entstanden, ich war fasziniert von den präparierten Tieren und dem Grusel, der von ihnen ausging, ich war verzaubert von der hinreißenden Schrulligkeit meiner Einmach-Omi, ihrer pittoresken Erscheinung, ihren skurrilen und morbiden Geschichten, die auch mich dazu brachten, erstmals von meinen Regenwurm-Experimenten zu erzählen, ich vergötterte ihre Götterspeise, und nicht zuletzt liebte ich die fünf Mark, die ich jetzt jede Woche von ihr bekam.

Und wenn ich dann eines ihrer Karamell-Bonbons aß, das mich glauben machen sollte, ich sei etwas ganz Besonderes, dann vergaß ich alles um mich herum: meine Ängste vor alten Frauen, den komischen Oma-Geruch ihrer Pergamenthaut, den irritierenden Glanz ihrer goldenen Zähne und ihr widerspenstiges Haar.

Doch so schön es bei der Oma auch war, etwas ließ mir keine Ruhe: Einen Raum ihrer schnuckeligen, kleinen Wohnung durfte ich nämlich nicht betreten. Und das machte mich stutzig. Ich hatte es gemerkt, als ich zum ersten Mal die Toilette aufsuchen wollte und eine beliebige Türklinke heruntergedrückt hatte.

»Nicht da rein!«, hatte sie geschrien und den Raum anschließend sofort abgeschlossen. Schlafzimmer, Bad, Küche und Wohnzimmer hatte ich schon gesehen. Was für ein Raum fehlte eigentlich noch? Und was mochte darin sein? Tag für Tag wuchs meine Neugier. Aber wo war der Schlüssel? Als sie mal wieder im Keller war, suchte ich nach ihm. Dann hörte ich Weckgläser runterfallen und zerspringen und dachte: *Das kann dauern*. Ich fand den Schlüssel schließlich unter einem Blumentopf, steckte ihn ins Schloss und öffnete die Tür. Ich war sehr aufgeregt, denn was ich tat, war sehr verboten. Der Raum war dunkel. Ich tastete die Wand nach einem Schalter ab und knipste das Licht an.

Und was ich dann sah, öffnete mir Mund und Augen. Mitten

im Raum stand ein fast zwei Meter hohes Weckglas, und darin schwamm Walter.

Mein Gehirn traute seinen Augen nicht. Mein Gehirn schien zu sagen: »Guck da weiter hin, das hört gleich auf.« Aber nichts passierte. Vor mir stand Walter, konserviert in einem Weckglas, und starrte mich an.

Ich hätte schreien können, aber ich war ja kein Mädchen.

Das Verstörende an dem Bild war: Walter trug eine Badehose. Genauso wie auf einer Fotografie, die Oma mir mal gezeigt hatte.

Während ich noch immer so dastand, spürte ich plötzlich Oma hinter mir.

»Oma!«, rief ich. »Was hast du gemacht?«

»Ach, ja, der Walter«, sagte sie ganz ruhig. »Eines Tages ist er nicht mehr aufgestanden. Aber keine Sorge: Er ist friedlich eingeschlafen.«

»Ja, aber, was hast du denn mit ihm gemacht, um Himmels willen?«

»Ach, weißt du, ich fand es so unnötig, plötzlich auf ihn und seine Rente verzichten zu müssen. Na ja, und dann hab ich ihn halt eingelegt. Sieht er nicht immer noch bezaubernd aus?«

»Ja, sicher. Er sieht ja jünger aus als du … – O Gott, seit wann ist denn der schon da drin?«

»Das weiß ich nicht, aber das ist jetzt auch nicht wichtig.«

»Aber Oma …«

»Ich hatte dir doch verboten, diesen Raum zu betreten.«

»Ja, das tut mir auch leid.«

»Ja, das denk ich mir.«

»Warum schließt du denn die Tür ab? Oma?«

»Nun hast du also mein kleines Geheimnis entdeckt.«

»Na ja. Na und?«

»Nun, mein Junge, das ist sehr schade.«

»Was soll das heißen?«

»Wie kann ich sicher sein …«

»Aber, Oma …«

»… dass du es für dich behältst?«

»Aber, Oma, natürlich werde ich es für mich behalten.«

»Ich kann nicht sicher sein.«

»Was?!«

»Und darum …« In diesem Moment drehte die Oma ihren Stock um und ging mit erhobenem Eisengriff auf mich zu.

»Oma! Das kannst du nicht machen!«

»Doch, mein Junge, ich muss es sogar tun.«

»Nein!« Jetzt hatte sie auch noch einen langen Dolch in der anderen Hand.

Ich kam mir vor wie in einem Miss-Marple-Film, den ich noch nie gesehen hatte.

»Komm, mein Kleiner«, lockte sie mich. Ich ging mit dem Rücken zur Wand den Raum entlang, immer die irre Oma im Blick.

»Komm, mein Kleiner.« Dann tastete ich Glas. O Gott, was war das? In einer Ecke des Raumes stand ein Weckglas, genauso groß wie ich.

»Komm, mein Kleiner.« Jetzt musste ich an Hänsel und Gretel denken. War dieses Glas mein Ofen? War es schon vorbei mit mir? Mit dreizehn Jahren? Würde ich nun für immer so aussehen wie jetzt? Wie würde Walter reagieren, wenn ich plötzlich neben ihm stünde? Und warum hatte ich meiner Mutter nichts von der Oma erzählt, sondern immer gesagt, ich ginge Fußballspielen im Park? Fragen über Fragen. Dabei brauchte ich Antworten. Und einen klaren Kopf. Hätte ich doch heute bloß keinen Prosecco getrunken.

Die Oma fuchtelte mit dem Dolch hin und her, sagte irgendwas wie »es wird nicht lange wehtun«. Ich flüchtete weiter an der Wand entlang, bis ich schließlich zwischen der Wand und dem kleinen Weckglas stand. Ich war in der Klemme, Oma lachte, ich zitterte, ihr Goldzahn blitzte auf, der Dolch funkelte, die Standuhr kräuselte sich und ihr Haar schlug halb vier. Alles schien durcheinander. Dann holte sie mit einer riesigen Bewegung nach hinten aus und traf mit voller Wucht das Glas mit Walter. Ein kleiner Riss im Glas wurde langsam größer – es knirschte und knarzte – er verästelte sich schnell in alle Richtungen, bis das gesamte Glas schließlich zerbarst.

Die milchig klare Flüssigkeit ergoss sich in den Raum wie die Welle eines kleinen Tsunamis, Walter kippte nach vorne in Richtung Oma, die rutschte aus, schrie, hielt sich ein letztes Mal das Herz und starb.

Verstört und gleichzeitig erleichtert, gerade noch dem sicheren Tod entkommen zu sein, verließ ich das Haus, und war in diesem Moment fest davon überzeugt, die Oma nie im Leben wiederzusehen. Doch da irrte ich. Denn viele Jahre später ging ich in die Ausstellung »Körperwelten«. In dieser Ausstellung werden menschliche Körper vom Plastinator Gunther von Hagen haltbar gemacht und vorher – zum besseren Verständnis des menschlichen Körpers – aufgeschnippelt und zerteilt, oder aufgefächert und auseinandergerollt, oder von der Haut befreit und in Speerwurfposition gebracht oder mit offenem Kopf an ein Schachspiel gesetzt, um zu zeigen, wie das Gehirn aussieht, wenn der Mensch Schach spielt: nämlich so wie immer.

Ein Objekt auf dieser Ausstellung zog mich besonders an. Ein Mensch, der der Länge nach in viele dünne Querscheiben zerteilt worden war. Und als ich näher hinging, war mir klar: Das war meine Einmach-Omi. Ich wusste es sofort. Ich spürte es. Offensichtlich, und das hätte gut zu ihr gepasst, hatte sie ihren Körper zu Lebzeiten dem huttragenden Plastinator versprochen. Und jetzt stand sie da: lächelnd, anonym und in Scheiben.

O Gott, dachte ich, *sie sieht ein bisschen so aus, als hätte man sie durch einen riesigen Eierschneider gedrückt*. Ich musste an meinen Regenwurm denken. Und an die Oma: An unsere erste Begegnung, an die zwei Mark, die ich immer bekommen hatte, an die Wohnung, an die Tiere, an den Prosecco. Und an Walter. Ich trat näher, ging seitlich um sie herum und sah nun den endgültigen Beweis dafür, dass es sich um meine Einmach-Omi handelte: Den tätowierten Schmetterling auf ihrem Oberarm. Ebenfalls zerteilt.

Prinzipal-Saal

Johann und sein jüngster Sohn,
die fuhren mal nach Münster, schon
fragt ihn Johann: »Bist du fit,
und möchtest du heut Abend mit,
in den Prinzipal-Saal gehn?«
»Och, im Prinzip ja, mal sehn,
was denn diese schöne Stadt
sonst noch so zu bieten hat,
außer dem Geplapper,
von meinem Papa.«

Der traurigste Geburtstag aller Zeiten mit der dümmsten Kinderkrankheit der Welt inmitten der zwei langweiligsten Wochen meines Lebens.

Wenn ich mich heute frage, warum ich eigentlich so bin wie ich bin, so selbstsicher, selbständig und selbstgerecht, dann weiß ich, dass vieles in den sehr jungen Johann-Jahren richtig gelaufen ist.

Meine Mutter zum Beispiel hat mich sehr früh zu extremer Selbständigkeit erzogen, und davon profitiere ich immer noch. So war ich beispielsweise sehr früh in der Lage, mich selber zu wickeln, und das hat mich bis heute geprägt: Noch heute wickel ich mich selbst und ich hab bei DOMIAN[17] angerufen, so ungewöhnlich ist

---

[17] *Seit über einhundertfünfzig Jahren öffentlich-rechtlicher Nacht-Talker, spezialisiert für besonders abgründige Themen wie Fahrradfahren im Drogenrausch oder Sex mit Lebensmitteln, siehe dazu auch »Mein Gott, bin ich kapott« auf Seite 164.*

das gar nicht. Ne, Quatsch, das war jetzt Blödsinn. Man muss auch mal 'nen Spaß machen.

Als ich dann mit drei Jahren eingekindergartet wurde, da war ich bereits so selbständig, dass es kaum zu ertragen war: »Meinem Leben wenig Sinn, gibt die Kindergärtnerin«, das hab ich damals schon mit Edding an die Klotür geschrieben, während die anderen Kinder noch mit Sauberkeitserziehung beschäftigt waren.

Aus lauter Langeweile fing ich mir die Varizellen ein. Also die Windpocken. Die Windpocken sind eine Erkrankung, die durch den Wind übertragen wird, darum nennt man sie auch *Wind*pocken, und die Krankheit beginnt häufig harmlos, mit Kopfschmerzen, Mattigkeit, schlechter werdender Orthographie und einem unkontrollierbaren Zucken in den Fingern. Nach diesem Vorstadium treten dann schubweise linsensuppengroße Knötchen auf, die sich schnell zu juckenden Bläschen entwickeln. Im Inneren dieser Bläschen befindet sich eine klare Brühe. Die Bläschen trocknen meistens relativ schnell wieder ein und hinterlassen einen braunen Schorsch. Nein, Schorf, Schorf. Komplikationen bei den Windpocken sind: Eine bakterielle Superinfektion, Abgeschlagenheit, Analphabetismus, Süd-West-Windradallergie, Schmerzen überall, nicht mehr Fahrrad fahren können und so weiter.

Zur Prophylaxe muss man die Kinder ab dem achten Impuka…, Inkubationstag isolieren, das heißt acht Tage nach der Ansteckung muss man die Kinder von anderen Kindern fernhalten. Und das geht natürlich nur, wenn man den Tag der Ansteckung genau kennt.

Meine Mutter kannte diesen Tag nicht, dennoch hat sie mich isoliert, sie hat mich direkt nach dem ersten Zucken gepackt und zweieinhalb Wochen lang in mein Zimmer eingesperrt. Dann hat sie mir jeden Morgen eine Flasche Franzbranntwein 89 % durchgereicht, durch die Katzenklappe, damit musste ich mich dann dreimal am Tag am ganzen Körper eincremen. Ich war damals erst fünf, und nach diesen zwei Wochen – – – war ich sechs.

Als Tischgedicht ein Fischgericht

Der Aal in der Pfanne,
er regt sich noch lange,
er windet und wendet sich auf engstem Raum,
und wird so von allen Seiten schön braun.
So hilft er mir noch in den letzten Zügen
ihn ganz vorzüglich hinzukriegen.

Das DDR-Lied

Wir machen Urlaub in der DDR,
aber das sagt man heut nicht mehr,
wir wollen radeln und schlendern,
in den neuen Ländern,
das ist Urlaub in der DDR,
aber das sagt man schon lang nicht mehr.

Neunundachtzig fiel die Mauer um,
und alle freuten sich dusselig und dumm,
keine Mauern ewig dauern,
auch bei Arbeitern und Bauern,
das war ein revolutionärer Schlag,
es gab Bananen dafür und hundert Mark.

Nach dem Taumel der Vereinigung,
herrschte allseits Ernüchterung,
es gab statt blühender Landschaft
nur entfremdete Verwandtschaft,
wirf den Trabi weg, kauf mein' Golf,
das war wie Rotkäppchen und der Wolf.

Die DDR war eine Diktatur,
und daraus machen wir jetzt Popkultur,
es wurd geschossen, denunziert,
es wurd gehetzt und spioniert,
doch was uns heute int'ressiert ist klar,
Spreewaldgurken und FKK.

Die DDR ist lange her,
und darum sagt man heute DDR nicht mehr,
heut heißt es Sachsen und Leipzich,
Meck Pomm und was weiß ich,
es gibt noch so viel in der DDR,
da fahr'n wir sicher noch mal hinnnnnnnnn
und her.

10. Kapitel

Wie man ohne viel Aufwand Wasserläufer ärgern kann, was eine Hümmel ist und warum man nicht zu lang herumkrebsen sollte

Ein altes, ostfriesisches Sprichwort sagt: »Der Schlaf ist das Bügeleisen für die Seele.« Toll, oder? Der Schlaf ist das Bügeleisen für die Seele.

Als ich das zum ersten Mal gelesen habe, da hab ich sofort überlegt, wer bei uns im Haus … sagen wir mal … seelisch zerknittert ist. Und dann bin ich rübergegangen und hab die Nachbarin gebügelt.

Diese kleine Geschichte streift indirekt Segen und Fluch des Entertainer-Daseins. Denn wenn ich noch schlafe, dann arbeiten die Nachbarn bereits, und wenn ich von der Arbeit nach Hause komme, dann schlafen sie schon. Ich lebe quasi permanent an einem Großteil der Gesellschaft vorbei. Und das macht einsam. Daraus entsteht Langeweile. Und dann Trunksucht. Oder Bestellsucht. Oder Selbstsucht. »Man sucht die Flucht und bucht die Sucht« ist auch so ein Sprichwort. Versuche immer, die Zeit, in der die meisten Mitmenschen arbeiten, für gute Taten zu nutzen.

Oft schaue ich morgens um zwölf nach dem Frühstück noch aus dem Fenster. Rentner, Handwerker und kinderwagenschiebende Frauen sind unterwegs. Sonst kaum Leben. Und überall Satellitenschüsseln. Das fällt auf. Am Nachbarhaus hängen sie zuhauf. Ohne Rücksicht auf Verluste in die Wände gedübelt. Sehen aus wie Zielscheiben. Einer hat eine riesige Schüssel auf seinen winzigen Balkon gestellt. Der kann mit seiner Schüssel jetzt alles sehen, nur nicht, wie das Wetter draußen ist. Wäre doch schön, wenn er ein bisschen mehr Licht hätte in seiner Bude, wenn er von der Arbeit heimkehrt. Nehme mein Luftgewehr von der Wand und schieße ihm ein perforiertes Herz in sein riesiges, metallenes Rund.

Das muss er jetzt nur noch rausdrücken. Werde ihm einen Zettel in den Briefkasten werfen:

»Herz rausdrücken – Licht erblicken. Auf gute Nachbarschaft (wohne über Ihnen)!«

Das muss reichen. Wieder eine gute Tat vollbracht. Und dann denke ich: *Wie gut, dass ich abends so viel Geld verdiene, dass ich tagsüber nicht arbeiten muss.*

Narzisst und Narzissen

Ich bin vor ein paar Tagen, es war gestern Nachmittag, da bin ich mit dem Fahrrad in den Wald gefahren, habe mich an einem kleinen Weiher auf eine mit blühenden Osterglocken gespickte Wiese gesetzt und habe mit mir über meine gemeinsame Zukunft nachgedacht. Mir war klar, dass ich ewig mit mir zusammen bleiben wollte, und ich war einverstanden. Verknallt in mich selbst strich ich mir sanft durch das feine Haupthaar, spiegelte mich in der Wasseroberfläche des Weihers und suhlte mich in meinem prall gefüllten Ego.

Anschließend holte ich Staffelei und Pinsel aus der Hose – 'tschuldigung, aus der Tasche natürlich – und begann damit, die Wasserspiegelung meines eigenes Antlitzes zu zeichnen, mit Kohle auf Papier, um das Bild dann später auf der Kirmes anzubieten und unter Preis zu verkaufen, also weit unter Marktwert, weil ich es gar nicht nötig habe, auf der Kirmes viel Geld zu verdienen.

Doch da nun, als ich just den Kohlepinsel ansetzte, wurde ich folgenden Problems gewahr:

Auf dem seeartigen Tümpelgedöns vergnügten sich zahlreiche Wasserläufer. Sie sausten, von der Oberflächenspannung des Wassers profitierend, über das Selbige und machten dabei mein schönes Spiegelbild krüsselig.

Nach kurzer Zeit hatte ich das Gefühl, dass sie immer wieder auf mich zusteuerten, kurz innehielten, und dann flugs wieder verschwanden. Es schien fast so, als würden sie durch mich angelockt werden und auf meine Kosten Schabernack treiben. Ich schaute ihnen noch eine Weile zu, bis ich merkte, dass sie tatsächlich auf mich zuliefen, kurz grinsten und dann – wie zum Hohn auf meine menschliche Trägheit – leichtfüßig wieder von dannen brausten. Dabei vernahm ich ein kaum hörbares Hi Hi Hi.

Ich beobachtete das Schauspiel noch eine Weile, bis es keinen Zweifel mehr gab: Die dünnbeinigen Flitzer lachten mich aus. In aller Öffentlichkeit. Sie schienen zu rufen: »Komm doch, du Arschgesicht, du kriegst uns sowieso nicht.«

Ich war empört. Was bildeten sie sich ein? Diese kleinen, verzogenen Gören.

Ich musste etwas tun. Zufällig hatte ich eine Flasche Spüli dabei. Das hat mich aber kaum gewundert, denn ich habe eigentlich immer eine Flasche Spüli dabei. Wie oft hört man jemanden rufen: »Hey Leute, mal hergehört, es ist echt wichtig: Hat jemand Spüli dabei?« Ich nahm die Flasche, öffnete den Verschluss und sagte: »So, Freunde. Bisher habt ihr euch ja schon sehr vergnügt. Aber mit Spüli im Wasser wird alles noch krasser!« Ich »überkopfte« die Flasche – wenn man das denn so sagen kann –, hielt sie mit ausgestrecktem Arm über das Seeufer und drückte langsam einen stattlichen Tropfen aus ihr heraus. Dieser landete inmitten der umtriebigen, kleinen Tierchen und das Schauspiel begann: Die Oberflächenspannung des Wassers riss ab, genauso wie ich es in der Schule gelernt hatte, und die Wasserläufer sackten mit ihren Füßchen ein wie in zerbrochenes Eis. Viele konnten sich retten, an das sogenannte »rettende Ufer«, andere krochen auf Pflanzen, die bisher unnütz herumgestanden hatten, eine Oma ertrank.

Nachdem sie sich so langsam wieder berappelt hatten und die Wirkung des Spülis nachzulassen schien, wollte ich gerade wieder meinen Pinsel schwingen, da begannen die blöden, kleinen Viecher erneut mit ihrem arroganten Geflitze und Gekicher.

»Was für dumme, kleine Drecksäcke«, dachte ich laut, als zeitgleich zwei klingelnde Kinder auf ihren Drahteseln vorbeirauschten. Leider bemerkte ich die durch die Verknüpfung beider Geschehnisse entstandene Situationskomik der Szene nicht im Geringsten. Zu vertieft war ich in den Dialog mit den despektierlichen Tierchen.

Wie kann man nur so uneinsichtig sein, dachte ich. *Könnt ihr oder wollt ihr nichts lernen? Wahrscheinlich könnt ihr noch nicht mal bis drei zählen, aber hier den großen Max markieren. Wasserläuferarmleuchtergesockse.*

Als ich gerade dazu anhub (klingt gut, oder?), erneut einen Tropfen Spüli in ihr Revier zu träufeln, musste ich an Pawlow denken. Iwan Pawlow, dieser alte Fuchs der Verhaltenspsychologie. Pawlow hatte immer erst mit einer Glocke geläutet und dann dem Hund zu fressen gegeben. Irgendwann konnte er feststellen, dass es nach genügend Wiederholungen ausreicht, mit der Glocke zu läuten, um beim Hund Speichelfluss auszulösen, weil der Hund auf den akustischen Reiz der Glocke konditioniert war und bei jedem Bimmeln dachte, gleich gibt's Futter.

Was der kann, kann ich schon lange. Ich brauchte nur einen äußeren Reiz: Ich nahm meine Fahrradklingel.

Und dann startete ich folgenden Feldversuch: Immer bevor ich einen Tropfen Spüli in den Weiher goss, hielt ich die metallene Radglocke möglichst nah an die Wasseroberfläche und klingelte dreimal so kräftig ich konnte. Das tat ich alle zehn Minuten und wiederholte es so oft es ging. Übermütig und amüsiert über die Doppeldeutigkeit des Wortes, rief ich nach jedem Tropfen: »Na, ihr Racker, klingelt's?« Der Versuch hatte tatsächlich Erfolg: Nach einer Stunde musste ich nur noch dreimal mit Schmackes den Hebel der Klingel herunterdrücken, und alle Wasserläufer stoben panisch auseinander.

Endlich konnte ich mich in Ruhe malen. Wenn sich wieder zu viele Wasserläufer auf meinem Spiegelbild angesammelt hatten, klingelte ich einfach, und nach kurzer Zeit war das Bild wieder eben. Die Methode hatte zwei Vorteile: Kein Läufer musste mehr ertrinken und ich schonte die Umwelt.

Irgendwann kamen zwei Männer vorbei, zwei latzbehoste Brüder, die aussahen wie Zwillinge, aber schon älter waren, und guckten mir bei meiner Tätigkeit zu. Ihren Gesichtern entnahm ich, dass sie noch nie einen gesehen hatten, der an einem See steht und dabei zeichnet und klingelt, und sie fragten mich, ob ich das Klingeln zeichnen würde. Ich hatte aber überhaupt keinen Bock auf ein Gespräch und habe so getan, als hätte ich Fußball-Tourette. Habe also urplötzlich einfach »DAS WAR ABSEITS, DU HECKENPENNER« geschrien und »DAS IST ROT, DAS IST ROT« und immer wieder »DEN MUSS ER MACHEN, DEN MUSS ER EIN-FACH MACHEN«.

Die Männer sind ziemlich schnell wieder gegangen, das war ihnen dann doch zu unheimlich, und viel später habe ich erfahren, wer die beiden waren: Es waren Reinhard Mey und Peter Lustig, die sich im Wald mal ausgetauscht hatten.

Irgendwann beendete ich meinen Feldversuch, allerdings nicht, ohne dafür zu sorgen, dass die Wasserläufer weiterhin bei Laune blieben. Und so habe ich noch schnell ein Schild gemalt und an einen Baum geklebt mit der Aufschrift:

Häufiger Wildwechsel, bitte klingeln!

Und das nächste Mal erklär ich euch, wie man es schafft, dass Stubenfliegen Feuer und Flamme für Haarspray werden. Frei nach dem Motto:

Learning by burning.

Das Pferd isst verkehrt

Es war einmal ein Maul,
aus dem hing eine Tatze.
Der Grund war, dieser Gaul,
der fraß am liebsten Katze.

Die Hümmel

Eine Hümmel ist eine Hummel mit
zwei Punkten:

Es war mal eine Hümmel,
die war ein echter Lümmel,
die stahl – nicht aus Rassismusgründen –,
nein, sie liebte kleine Sünden,
den Türken ihren Kümmel.

Dann zauberte sie, ohne zu fragen,
den Kümmel in des Stinktiers Magen,
das nicht versucht, durch lautes Hupen,
sondern meist durch leises Pupen,
die Feinde zu verjagen.

24-Stunden-Protokoll eines Event-Entertainers

Als ich mit dem Programm »Johann König eskaliert« unterwegs war, gab es immer wieder Missverständnisse bezüglich des Titels. Ein Veranstalter erzählte von einem Gast, der am Telefon folgenden Wunsch äußerte: »Ich hätte gern drei Karten für ›Johann König explodiert‹.« Wenn das mal kein Freud'scher Versprecher war …

26. Januar 2006, 16 Uhr:

Muss gleich zur Arbeit. Auftritt in Hagen. Schaue ein letztes Mal auf meine Homepage. Im Gästebuch schreibt eine Frau, sie wäre am Vorabend vorm laufenden Fernseher eingeschlafen. Dann wieder aufgewacht, weil sie meine Stimme gehört hat. Und als sie den Bildschirm angeschaut hat, wer hat da gesprochen? Erich Honecker.

Gut, dass ich solche Einträge selber löschen kann.

Später in Hagen

Manchmal haben wir Zeit, uns vor dem Auftritt die Stadt anzu-
gucken. Leider auch in Hagen. Nach einem kurzen Stadtbummel
leuchtet mir ein, warum Hagen eine Fern-Uni hat. Bin heilfroh,
dass ich meiner Freundin kein Mitbringsel aus Hagen versprochen
habe. Bleibe vor einem Kosmetikgeschäft stehen und überlege –
weil es mir zu blöd ist, ihn für mich selbst zu kaufen –, ihr einen
Nasenhaarschneider mitzubringen. Um dann zu sagen: »Ach,
wenn du ihn nicht brauchst, nehme ich ihn.«

Später am Abend

In der Pause der Show läuft ein genervter Zuschauer auf den Veranstalter zu und fragt: »Ey, wann explodiert der Kasper endlich,
ich kann nicht mehr.« Der Veranstalter reagiert höchst professio-
nell und sagte: »Äh, wa, i nix versteh.«

23 Uhr 50

Bin zu Hause angekommen. Nehme den Nasenhaarschneider und
gehe vorsichtig ins Schlafzimmer. Meine Freundin schläft schon.
Glück gehabt. Stelle mir den Wecker auf 8 Uhr und frage mich
dann, ob ich mich verarschen will. Ziehe mir ein Stirnband über die
Augen und lege mich hin.

0 Uhr 10

Will mich gerade auf die andere Seite drehen, da merke ich, dass
ich auf der falschen Seite angefangen habe, einzuschlafen. Eigentlich beginne ich immer auf der linken, drehe mich dann irgendwann auf die rechte und schlafe ein. Und jetzt? Lege mich auf den
Rücken und warte ein paar Minuten, um dann noch einmal von
vorn zu beginnen.

0.30 Uhr

Liege immer noch auf dem Rücken. War wohl schon eingeschlafen. Wusste gar nicht, dass ich auf dem Rücken schlafen kann.

Das ist ja prima. Jetzt bin ich wieder wach, weil Hekto Pascal an der Tür kratzt. Werfe einen Tennisball gegen die Tür. Irgendwas fällt runter, er kratzt weiter. Stecke mir Ohropax in die Ohren und überlege, wie viel Ohropax man sparen könnte, wenn man ein Ohr weniger hätte.[18]

0.40 Uhr

Habe mich an meinen Puls im Kopf gewöhnt. Kann aber trotzdem nicht schlafen, weil ich jetzt ständig meinen eigenen Arm anatme. Stehe auf und ziehe mir ein Long-Sleeve an, also ein T-Shirt mit langen Ärmeln. Scherzhaft nenne ich es Long-Sleep. Meine Freundin zeigt mir einen Vogel und schläft weiter.

1 Uhr

Ich träume, dass ich nicht schlafen kann, weil ich mit den Zähnen knirsche. Ich wache auf und es stimmt. Da hat sich der Traum selbst eingeholt. Ich bin total zerknirscht. Besonders im Mund. Und meine Zähne tun weh. In meiner Verzweiflung reiße ich ein Stück aus der Schaumstoffmatratze und schiebe es mir schön zwischen die Zähne. Jetzt habe ich also etwas in den Ohren, vor den Augen und im Mund. Gut, dass ich schon eine Freundin habe.

Irgendwann später

Ich sitze auf dem Bett und beobachte mit der Taschenlampe einen Leberfleck auf dem Arm meiner schlafenden Freundin. Seit wann ich das mache, weiß ich nicht. Bin gerade erst wach geworden. Da plötzlich: Der Leberfleck bewegt sich. Erst langsam, dann noch langsamer. Langsam schließt er sich mit den anderen Leberflecken zusammen. Gemeinsam bilden sie einen Smiley. Der Smiley sagt mir, ich solle einen schwarzen Edding bereithalten. Dann verteilen sie sich wieder auf dem Arm. Als ich mit dem Edding wiederkomme, haben sich alle Leberflecke in Zahlen verwandelt. Ich weiß

---

[18] *Siehe dazu »Mike-Tyson-Lied« auf Seite 52.*

sofort, worum es geht: »Malen nach Zahlen.« Nehme den Edding und verbinde die Zahlen in der richtigen Reihenfolge. Man erkennt aber nichts.

8 Uhr

Der Wecker klingelt. Schlaftrunken sehe ich mich um. Da kommt meine Freundin durch die Tür und fragt mich, ob ich schon einmal was von »betreutem Wohnen« gehört hab. Sehr witzig. Dann behauptet sie, ich hätte im Schlaf einen Apfel gegessen. Zum Beweis zeigt sie mir auf ihrem Handy einen kleinen Film: Man sieht, wie jemand aufrecht im Bett sitzt, Schaumstoff aus dem Mund holt und in aller Ruhe einen Apfel isst, ohne das Stirnband abzunehmen.

»Das ist noch lange kein Beweis«, sage ich. »Das kann genauso gut nachgespielt sein.«

Dann fragt sie mich, ob ich was mit dem Gekrakel auf ihrem Arm zu tun habe und warum der Scheiß nicht abgeht. Ich sage, sie soll froh sein, dass ich keinen Lötkolben benutzt habe. Schlage ihr vor, dass ich ihr zur Wiedergutmachung eine heiße Zitrone bringe.[19]

»Deine heißen Zitronen kenne ich, du Spacko!« Dann gehen ihr die Argumente aus und sie schallert mir eine. Ich denke: *Och, lieber eine richtige Ohrfeige als ein falscher Kuss.*

14 Uhr

Bin aufgestanden und habe mich an alles erinnert. Meine Freundin ist schon ganz schön pfiffig. Überlege sie deshalb »Fiffi« zu nennen. Zumindest in Gedanken.

14.30

Bin zum Bäcker gelaufen und habe gefragt, ob er auch Spaghetti hat. Dann laut lachend wieder rausgelaufen.

---

[19] *Siehe hierzu Beweisfoto »Na, Lust auf eine heiße Zitrone?« im Kapitel »Tagebuch mit Königsbildern, Teil I« auf Seite 225.*

15 Uhr

Der Rotwein ist alle, wo ist die Katze? Verschüchtert kommt Hekto Pascal durch die Tür. Komisch, er hat kaum noch Haare. Wahrscheinlich zu viel »Rubbel die Katz« gespielt. Und wo ist eigentlich der Nasenhaarschneider?

Frage Fiffi: »Fiffi, wo ist eigentlich der Nasenhaarschneider?«
»Da musst du Hekto Pascal fragen.«
»Hekto Pascal, wo ist eigentlich der Nasenhaarschneider?«
»Da musst du Fiffi fragen.«
»Fiffi, Hekto Pascal hat gesagt …«
»Nenn mich nicht Fiffi! Und seit wann spricht der Katze?«
»Aber der Smiley hat auch gesprochen.«
»Welcher Smiley?«
»Das verstehst du nicht.«

Hekto Pascal hat uns heute gezeigt, wie man aus einem alten Teller ein Puzzle macht. Daraufhin habe ich Hekto Pascal gezeigt, wo er überall Zecken hat.

16 Uhr

Muss wieder los. Möchte noch schnell kuscheln, meine Freundin aber nicht. Ich verstehe sie nicht: Manchmal ist sie lüstern, dann wieder verklemmt. Könnte sie auch »Lüsterklemme« nennen.

Das gleiche Schicksal

zwei krebse liefen hand in hand
am norderneyer strand entlang
da kam ein ganz gemeiner

junger mann, hob einen auf
auf den andern trat er drauf
da war'n beide im eimer[20]

[20] *Personen und Handlung dieses Gedichtes und der dazugehörigen Fotostrecke sind frei erfunden. Sollten sich bei der Schilderung tierfeindlicher Praktiken Ähnlichkeiten oder Assoziationen mit tatsächlichen tierfeindlichen Praktiken ergeben, so sind diese nicht beabsichtigt. Für die Aufnahmen wurden keine lebenden Tiere missbraucht. Die Krebse sind bereits vor dem Fototermin gestorben.*

Kurz zum Nachdenken

• Wenn ein Jugendlicher im Spielzeugladen vor dem hohen Regal mit den Rennwagen steht und zur Verkäuferin sagt: »Könnten Sie mir bitte mal einen runterholen«, dann ist das vielleicht ein Freud'scher Versprecher.

Wenn dann derselbe Jugendliche später als Erwachsener immer davon redet, eine Bank auszurauben, komischerweise aber stets in den Spielzeugladen einbricht, dann ist das vermutlich ein Freud'scher Verbrecher.

• Im thüringischen Erfurt gibt es den alteingesessenen und von mir gern und oft bespielten Kleinkunstladen DASDIE. Mit einem kleinen Saal namens DASDIE Brettl und einem großen, dem DASDIE Live. Der Name wirkte auf mich merkwürdig, gesprochen wie gelesen, und nach einer Nachfrage ergab sich folgende einfache Erklärung:

Der Betreiber des Ladens ist Wolfgang Staub, staubig heißt auf Englisch *dusty*, und wenn ein Thüringer das schreiben soll, dann schreibt er *das die*. Das sieht aber nicht aus, darum zusammen und groß: DASDIE.

Irre, oder? So etwas gibt's auch nur … in Deutschland. Ein Gerücht ist allerdings, dass Familie Dreck aus Jena jetzt das DÖRTI eröffnet hat.

• Beim Schreiben dieses Textes auf dem Laptop dachte ich gerade: *Wieso macht der mir hier ein Semikolon hin, obwohl ich immer ein Komma setze? Ständig nur ein Semikolon. Und immer nur an dieser Stelle.* Dann merkte ich: *Da war ein winziger dunkler Fleck auf dem Bildschirm, genau auf dem Komma. Fleck weggewischt. Komma gemacht, alles klar.*
Merke: Immer mal den Bildschirm säubern.

• Nach dem Lesen lustiger Texte muss man sich heutzutage schnell den Comedy-Vorwurf gefallen lassen. Zumindest in ernsthaften Literaturkreisen. »Das war mir zu sehr Comedy«, heißt es dann gerne. Oder: »Also ich steh ja nicht so auf Comedy.« – »Ah ja? Ich auch nicht.«

Warum überhaupt »Comedy«? Die sagen ja auch nicht Loof, sondern Laaf. Also sollten sie auch »Kamedi« sagen. Haha! Das müsste man denen mal vorwerfen! Lackaffen.

- Blöd ist, wenn sich die aufgedruckte Fliege im Herrenpissoir, die einen gezielten Strahl in die Keramikmitte gewährleisten soll, plötzlich als echt erweist, man aber – auch aufgrund zu vieler alkoholischer Mischgetränke – weiterhin versucht, sie zu treffen.

Bad Bank oder schräge Bank

»Die Bankenkrise erreicht den Mann von der Straße.«

Diese Bildunterschrift, die ich mir so fest vorgenommen hatte, ist leider nur so lange lustig, bis einem klar wird, dass eine Bank unterschiedliche Plurale hat – oder wie immer der Plural von Plural sein mag. Die Mehrzahl der abgebildeten Bank ist »Bänke«, die der wortspiel-doppeldeutig-zwinkermäßig gemeinten ist »Banken«. Schade. Dennoch war das Foto zu schön, um es nicht abzudrucken meint

Handy-Fotograf Johann König.

Herr König hat eine Bad Bank entdeckt.

Der Männchen-Witz

Kommt 'n … Nein. Geht 'n … Ne, auch nicht. Treffen sich, genau, treffen sich ein Playmobil-Männchen und ein Lego-Männchen um 17 Uhr zum Duell am alten Telefon. Sagt das Playmobil-Männchen: »Ich bin größer als du.«

Sagt das Lego-Männchen: »Jaha. Aber dafür bin ich ein Lego-Männchen!«

Versteht ihr? Das Lego-Männchen hält sich für was Besseres. Weil das beide Beine einzeln bewegen kann.

So erklärt sich der Witz.

Werden keine Freunde mehr: Playmobil- und Legomännchen im Gefecht.

Mein Gott, bin ich kapott[21] (Ein Romananfang)

Ich schaute an mir herunter und dachte: *Ich müsste eigentlich mal meine Schnürsenkel waschen. Die sind ja total verdreckt.* Aber Schnürsenkelwaschen? War das nicht eigentlich Sache der Frau? Ach, ja. Ich hatte ja keine Frau. Ich war ja bereits seit zehn Jahren alleine. Seit zehn Jahren! O mein Gott. Was habe ich eigentlich in all der Zeit gemacht?

Ist Pay-TV-Nutzung eigentlich schon bezahlter Sex? Sex mit sich

---

[21] *Das Wort »kaputt« westfälisch ausgesprochen reimt sich auf »Gott«.*

selbst für 13 Euro 50? Und warum denke ich eigentlich ständig »eigentlich«?

Meine Schnürsenkel hatten ungefähr den Farbton von frischem Ohrenschmalz. Mit diesen Schuhen konnte ich unmöglich vor die Tür gehen. Die Leute würden gucken. Würden denken: *Guck mal, da, der mit den Schuhen, mit den Schnürsenkeln, die aussehen, wie gerade frisch durch die Kimme gezogen. Komm, wir gehen mal lieber woanders hin.* Als ob mich so was stören würde. Wenn mir eins egal war, dann wie die Leute gucken. Obwohl, bei diesen Senkeln? Die sahen schon wirklich fies aus. Das wäre mir dann doch peinlich, wenn diese Schnürsenkel Leute sehen, die mich kennen, Bekannte zum Beispiel. Ich glaube, ich suchte einfach einen Grund, nicht aus dem Haus gehen zu müssen. So viel Selbstbewusstsein hatte ich immerhin. Selbstbewusstsein der Art, dass ich mir selbst darüber bewusst war, was ich gerade warum tat und was nicht. Nicht zu verwechseln mit Selbstvertrauen, eine der häufigsten Verwechselungen bei Sportkommentatoren und vielen anderen.

Also erst Schnürsenkelwaschen und dann aus dem Haus? Was für ein Schwachsinn. Ich musste aus dem Haus. Essen kaufen. Und frische Socken. Warum war ich eigentlich schon wieder so kaputt? Hatte mal wieder nicht einschlafen können gestern Abend. Fürchterlich. Was habe ich bloß in den letzten zehn Jahren gemacht? Kam mir vor wie mit plötzlichem Gedächtnisverlust, wie mit einer Amnesie nach einem Unfall. Aber ohne Unfall. Konnte mich jedenfalls an keinen erinnern. Was habe ich in den letzten zehn Jahren gemacht? Diese Frage kam mir plötzlich unfassbar groß und unausweichlich vor. Schon oft habe ich gedacht, ich hätte gerne mal jemanden, der mitschreibt. Der sich Zeit nimmt, in meinem Leben Zeiten zu nehmen. Einen Zeitnehmer also. Würde gerne mal wissen, wie viel Zeit ich tatsächlich verbringe mit alltäglichen Dingen. Wie lange ich abends im Bett liege, ohne einzuschlafen und morgens wach liege, ohne aufzustehen. Wie lange schaue ich nach dem Aufstehen noch aus dem Fenster, bis ich mir die Zähne putze? Wie lange brauche ich, mich anzuziehen und zu waschen, bis ich wirklich aus dem Haus gehe? Wie viel Zeit fürs Onanieren draufgeht, könnte er dann ruhig für sich behalten. Oder sie. Wie lange sehe ich tatsächlich fern, wenn ich nur mal kurz durchzappen möchte? Und wie lange sitze ich auf dem Klo, ohne produktiv zu sein? Wie lange überlege ich, ob ich das Wasser, das nach der Benutzung der Klobürste auf den Brillenrand getropft ist, weil ich die Bürste nicht vernünftig abgeschüttelt habe, nun wegwische oder nicht? Und was es bringt, wenn ich es wegwische, und was, wenn nicht? Ob dann Besuch kommt, ausgerechnet dann, wo sonst nie Besuch kommt. Gott sei Dank. Und dann sagt der Besuch: »Das war aber unser letzter Besuch, hier sind ja Wasserspritzer auf der Klobrille, hier gehen wir nicht wieder hin.« Wär ich dann froh oder traurig, oder wäre es mir egal?

Die unfassbare Trägheit, die dem übergroßen Phlegma geschuldete Unfähigkeit zur zügigen Entscheidung, die unbesiegbare Müdigkeit des Geistes, all das lag wie ein bleierner Schleier über mir, meiner Wohnung und über den letzten zehn Jahren meines Lebens. Und wie der Staub in meiner Wohnung, der nicht weggewischt wird, so verdickt sich auch die Erinnerung an mein Leben zu einer klebrigen Masse, zu einem undurchdringlichen Film, zu meinem Film, zum FilmFilm. Dieser zähe Leim verklebt die Zeit und das Zeitgefühl, und alle Uhren sehen plötzlich aus wie bei Dali.

Es beginnt immer abends beim Einschlafen. Ich liege da und komme mir vor wie im Wartezimmer von Dr. Schlaf. *Hoffentlich holt mich der Schlaf gleich zu sich*, ist mein einziger Gedanke. Und so liege ich da und warte. Und langweile mich. Zum Lesen ist es zu dunkel. Könnte Licht anmachen. Oder etwas nachdenken. Aber worüber? Könnte den heutigen Tag erinnern. Von morgens bis jetzt. Mit allen Details. Was gemacht, was gegessen, mit wem geredet, worüber, was im TV gesehen, und so weiter. Machen alte Leute so, um sich fit zu halten. Kopffit. Schöne Idee eigentlich.

Da war es wieder. Das Wort, das die ganze Schwammigkeit meines Denkens und Handelns so auf den Punkt bringt. »Eigentlich.«

Doch wenn ich anfangen will, mich zu erinnern, komme ich nicht weit. Allein die Antwort auf die Frage, was ich heute Morgen gefrühstückt habe, erfordert eine unfassbare Anstrengung. Muss derart in meinem Kopf herumsuchen, als würde ich einen Tag aus frühester Kindheit hervorkramen wollen. Als hätte jemand die Abschnitte des heutigen Tages einfach in die Kiste geschmissen, in der sämtliche Abschnitte aller anderen Tage meines Lebens auch verstaut sind. Und dann hat dieser Honk, dieser verbeamtete Tagesabschnittsverwalter, nur weil ihm das alles zu langweilig ist und er sein Leben öde findet, einen Deckel draufgelegt und die Kiste ordentlich durchgeschüttelt. Danach geht's ihm immer besser, weil er mal ausgebrochen ist aus dem Trott, weil er etwas Verbotenes, Verrücktes gemacht hat. Und ich kann suchen.

Ich versuche immer noch, mein Frühstück zu erinnern. Denke plötzlich an Frühstücke aus meiner Jugend. An schrecklich frühe Frühstücke zu Hause. Als ich noch zur Schule ging. In die Mittelstufe. 7.50 Uhr Schulbeginn, 6.30 Uhr Frühstück. Abartige Zeiten. Meine Mutter wollte immer plaudern, ich wollte nichts. Denke schnell an schöne Frühstücke. Noch früher. Also früher in meinem Leben. Bei der Oma. Es gab Milchsuppe mit Schokostreusel. Ich äße ja »Schokostreusel mit Milchsuppe« war der immer gleiche Scherz, den sie über die Jahre nicht müde wurde zu erzählen. Ich wurde dabei mit jedem Mal müder und müder. Mein Bruder saß mir gegenüber. Was macht der jetzt eigentlich? Könnte ihn morgen mal anrufen. Vergesse ich bestimmt wieder. Werde ja bestimmt gleich einschlafen. Also aufschreiben? Bruder anrufen. Dann hätte ich schon etwas vor morgen. Das hieße aber für jetzt auch: Licht anmachen, Stift und Zettel suchen, eventuell aufstehen, … könnte dann die Katze noch füttern, hab ich heute Abend ganz vergessen, ach und ich wollte doch noch DOMIAN aufnehmen, weil mir das angeblich ja zu spät kommt. Da war heute Themenabend.

Thema: »Ich habe ein dunkles Geheimnis.« Huih, juih, juih. Klingt spannend.

Einmal hat bei DOMIAN einer angerufen, der sagte, er hätte einen visuellen Tinnitus. Und Domian fragte: »Häh? Visueller Tinnitus? Was ist das denn?« Da hab ich den Fernseher ausgemacht. Das war mir zu blöd. Aber dann hab ich noch mal darüber nachgedacht und gedacht: *Das ist wahrscheinlich, wenn man permanent das Gefühl hat, man hätte eine Pfeife im Auge.*

Ist DOMIAN schon vorbei? Keine Ahnung. Wie viel Uhr ist es denn? Also doch Licht anmachen? Liegt eigentlich jemand neben mir?

Derartige Assoziationsketten schwurbeln jeden Abend wie irre durch meinen Schädel und führen zu gar nichts. Ich kann sie weder stoppen noch lenken. Und immer landen sie irgendwann – als kurzer Zwischenstopp oder für länger bei Mareike. Bei unserem ersten kleinen Urlaub, unsern großen Plänen, unserem lustigsten Sex und der humorlosen Trennung. Zehn Jahre ist das jetzt her. Danach hatte ich viele Affären. »Come and go«-Geschichten, wie sie heute bestimmt in Männermagazinen und Frauenzeitschriften genannt werden.

Ich erinnere mich noch genau an die … ach, wie hieß denn noch, die eine, mit den …? Die meine Brusthaare nicht mochte …? Mit D, glaub ich. Hab ich nicht alle Namen irgendwo mal aufgeschrieben? In die entsprechenden Kalender? Und habe ich nicht alle Kalender in der großen Schublade aufgehoben? Alle Kalender? Der letzten zehn Jahre? Ja, genau.

Nahm mir vor, in den kommenden zehn Tagen jeweils einen Kalender pro Tag durchzuarbeiten. Um mich zu erinnern, mir Notizen zu machen, und um das Jahr dann in eine ordentliche Kiste zu packen, die kein Honk jemals zum Schütteln in die Hände bekommt.

Romananfangende.

11. Kapitel

Der Trend-König, Teil V

Hallo, Freaks, Trendscouts und Hinterherhinker!

Der neue Trend ist:
Auf Boygroupkonzerten legal die Stimmung versauen

Genau. Die Stimmung versauen auf Boygroup-Konzerten. Aber legal.

Wie oft denkt man sich:
Mein Gott, ich habe schon so viele krasse Sachen gemacht im Leben: Bungee-Jumping, S-Bahn-Surfen, Taxifahrt nicht bezahlen. Was kann da noch kommen?
   Tja, mein Freund, es gibt noch was viel Krasseres.

Und so wird's gemacht:
Du bist oder wirst Mitglied im Basketballverein, und irgendwann fahrt ihr dann mit dem ganzen Verein nicht auf Mannschaftsfahrt, sondern auf ein Konzert von Tokio Hotel. Und dort stellt ihr euch dann alle – keiner unter 1,80 – geschlossen in die erste Reihe.

Das Tolle daran ist:
Wenn in der ersten Reihe bei einem Hotel von Tokio Konzert ... Noch mal: Wenn in der ersten Reihe bei einem Konzert von Tokio Hotel nur Basketballer stehen, dann kann die ganze hysterische Meute hinter euch nichts mehr sehen. Aber niemand kann euch das verbieten. Und gleichzeitig ist dieser Konzertbesuch für die ganze Mannschaft ein prima Training fürs Zweikampfverhalten.

Aber Vorsicht:

Stiftung Warentest warnt: Tokio Hotel-Konzertbesuche verursachen Tinnitus, Übelkeit und Kopfschmerz. Aber dann lasst ihr euch einfach von den Security-Leuten rausziehen. Dann müssen die endlich mal richtig arbeiten.

Der neue Trend ist:
Aufmerksamkeit erregen, aber mit Humor

Genau. Mit Humor.

Wie oft denkt man sich:

Mein Gott, was bin ich doch für eine Nulpe? Kein Mumm, keine Freunde, keine Arbeit. Niemand beachtet mich. Was kann ich bloß dagegen tun?

Aber das ist doch ganz einfach, denn zurzeit kann jeder mit wenig Aufwand ein riesiges Aufsehen erregen.

Und so wird's gemacht:

Einfach mal eine Tasche im Bahnhof stehen lassen und draufschreiben:

»Hier ist keine Bombe drin. Komme gleich zurück.«

Oder einen schönen, großen Koffer in einem ICE abstellen und draufschreiben: »In diesem Koffer ist keine funktionierende Zündung an die Propangasflaschen montiert. Habe die Kabel absichtlich vertauscht. Mit freundlichen Grüßen, Hadschi«

Das Tolle daran ist:

Niemand glaubt, dass wirklich etwas Gefährliches im Koffer ist, aber gleichzeitig traut sich auch keiner, das Ding freiwillig zu öffnen.

Aber Vorsicht:

Wenn Trittbrettfahrer erwischt werden, dann bekommen sie als Erstes einen Tritt gegen das Brett vor ihrem Kopf. Und dann fahren sie in den Knast. Und da sitzen sie neben den Raubkopierern. Und draußen vorm Gefängnis steht die Familie und singt jedes Jahr: »Happy Birthday to you!« Und wenn der Sohn fragt: »Wann kommt Papa wieder raus?«, dann heißt es nur: »Nur noch zehnmal singen.«

Der neue Trend ist:
Aktiv gegen Langeweile und Fernsehkonsum vorgehen

Genau. Aktiv gegen Langeweile und Fernsehkonsum.

Wie oft denkt man sich:

Mein Gott, ist das langweilig. Das ist ja nicht auszuhalten. Und wie soll man auch jemanden kennenlernen? Die Straßen sind wie leergefegt, alle gucken nur Fernsehen.

Doch jetzt kommt Abhilfe, denn jetzt kannst du offensiv der Tristesse begegnen und dir mal richtig Luft machen: Und zwar mit dem Luftgewehr.

Und so wird's gemacht:

Einfach im Waffengeschäft ein ordentliches Soft-Air-Gewehr besorgen und ab nach Hause. Dann ans Fenster stellen und einfach wahllos auf Satellitenschüsseln schießen. Du wirst sehen: Satellitenschüsseln eignen sich gerade auch für den Anfänger bestens als Zielscheibe. Und wenn die Leute nicht mehr fernsehen können, dann werden sie richtig aktiv: Sie kommen raus, schauen nach ihren Schüsseln, steigen aufs Dach, unterhalten sich.

Das Tolle daran ist:
Wenn du vorher bei eBay alle Satellitenschüsseln aufgekauft hast, dann kannst du diese nun problemlos in der Nachbarschaft verticken. Und so neue Freunde gewinnen.

Aber Vorsicht:
Wenn in der Nachbarschaft rauskommt, dass *du* die ganzen Schüsseln beschossen hast, dann werden sie dich schnappen und auch oben auf dem Dach festschrauben. Und das ist auf Dauer wieder so richtig langweilig.

Der neue Trend ist:
Beim Italiener alles extra falsch aussprechen
Genau. Immer alles extra falsch aussprechen. Beim Italiener.

Wie oft denkt man sich:
Mein Gott, wie heißt es denn nun: Ein Expresso, zwei Espressi? Ein Sambuca, zwei Sambuscos?

   Doch das ist jetzt völlig egal, denn jetzt sprechen wir alles extra falsch aus.

Und so wird's gemacht:
Einfach zum Italiener gehen und zum Kellner sagen: »Hier, seniora, ich hätte gerne die Knockis mit viel Parmesello, und für meine Frau die Tiglatelle mit Monzarella, und nachher zwei latte matschiato, aber presto, presto!«

Das Tolle daran ist:
In einer Zeit, in der eh niemand mehr auf korrekte Schreibweise oder Aussprache Wert legt, sind die, die so daherreden, eines Ta-

ges sowieso in der Überzahl. Und dann fällt es niemandem mehr auf.

Beim Italiener kannst du auch zum Schluss noch schön einen philosophischen Spruch raushauen und bei einem Glas vino bianca sagen: »Mens sana in dubio vino veritas iacta est.«

Aber Vorsicht:
Wenn du zum Nachtisch zweimal Tsunami bestellst, dann hast du's übertrieben.

Der neue Trend ist:
Sich als Polizist verkleiden und dann in die eigene Tasche wirtschaften
Genau.

Wie oft denkt man sich:
Mein Gott, ist das alles trostlos. Es regnet wie am Schnürchen, mein Handy ist in Wirklichkeit eine Schuldenfalle und meine Freundin hat 'ne Webcam am Bett hängen. So darf es nicht weitergehen.

Stimmt! Doch jetzt kannst du was ändern, denn durch die Umstellung bei der Polizei auf blaue Uniformen gibt es jetzt jede Menge von den grünen.

Und dann geht's los:
Einfach als Polizist verkleidet Passanten ansprechen und sagen: »Sie sind verhaftet.«

»Aber warum?«

»Sie sind verdächtig, einer verschwörerischen Vereinigung anzugehören.«

»Was?!«

»Außerdem haben wir ein Video von Ihnen.«

»Wo?«

»Wie Sie Geld abheben und dann auffällig unauffällig weg-gehen.«

»Ach.«

»Wir müssen Ihren PC beschlagnahmen.«

»So?«

»Haben Sie etwas dagegen?«

»Nein. Ja. Ich meine …«

»Okay, ich mache Ihnen einen Vorschlag: 200 Euro, und ich vergesse die Sache.«

Das Tolle daran ist:
Bei der heutigen Sicherheits- und Überwachungshysterie werden die meisten Bürger einem der beiden Vorschläge zustimmen. Und dann hast du entweder einen neuen PC oder 200 Euro.

Aber Vorsicht:
Die Polizei in Dunkelblau warnt vor Polizisten in Altgrün. Und umgekehrt. Jetzt heißt es, die Übergangzeit zu nutzen und zur richtigen Zeit auf der richtigen Seite zu stehen.

Der neue Trend ist:
Comedy, Comedy, Comedy
Genau. Com-me-dy.

Wie oft denkt man sich:
Mein Gott, ist das alles trostlos: Das Wetter ist schlecht, die Brötchen schmecken nicht mehr, und Weltmeister sind wir auch nicht geworden.

Doch es gibt Abhilfe, denn jetzt kann jeder überall ein bisschen Spaß verbreiten: Und zwar mit einer Comedy-Veranstaltung.

Und so wird's gemacht:
Einfach einen Waschsalon, Frisörsalon, ein Nagelstudio oder eine alte Backstube anmieten und draußen an die Wand »Comedy-Club« schreiben. Dann in einer Ecke des Ladens eine kleine Bühne aufbauen und als Erstes einen Comedy-Wettbewerb ausrufen. In einem Nagelstudio könnte es zum Beispiel um den »goldenen Hornhauthobel« gehen, und im Falafel-Laden um die »kieksende Kichererbse«. Dann lädst du alle Leute ein, von denen schon mal jemand gesagt hat: »Du bist so witzig, dass müsstest du mal auf 'ner Bühne machen.« Und schon ist der Laden gerammelt voll und es kann ordentlich abgelacht werden.

Das Tolle daran ist:
Je ausgefallener der Ort, desto schlechter können die Witze sein.

Aber Vorsicht:
Stiftung Warentest hat herausgefunden: Comedy spricht man Kamedy. Na, dann eben so.

Der neue Trend ist:
Schulden machen wie Berlin
Genau: Schulden machen. Genau wie Berlin.

Wie oft denkt man sich:
Mein Gott, bin ich pleite: Handy, Flatrate, Internet, Katzenfutter, das frisst mich auf.

Doch jetzt kommt Abhilfe, denn jetzt bezahlst du alles mit Geld, das du dir geliehen hast.

Und so wird's gemacht:
Einfach überall ganz easy Kredite aufnehmen und nie was zurückzahlen.

Und wenn sie dir irgendwann damit drohen, zu Hause deine Sachen zu pfänden, dann werden sie dich gar nicht erst finden, denn du bist außerdem noch Mietnomade.

Das Tolle daran ist:
Wenn sich sehr viele Menschen gleichzeitig bei einem easy Kreditunternehmen verschulden und nachher nichts zurückzahlen können, dann gehen auch die Kreditunternehmen bald pleite. Und dann sind sowohl die Privathaushalte und als auch die Unternehmen in absehbarer Zeit genauso verschuldet wie die Länder und die Städte. Und dann sagen wir zu den Politikern: »Was wollt ihr denn? Wir haben's doch genauso gemacht wie ihr.«

Aber Vorsicht:
Stiftung Warentest warnt: Leih dir niemals Geld bei der Mafia. Denn sonst wirst du entweder gleich erschossen oder in Beton gegossen.

Der neue Trend ist:
Die Super-Nanny für Kinder
Für Kinder, die Probleme mit der Erziehung ihrer Eltern haben. Genau: Die Super-Nanny für Kinder.

Wie oft denkt man sich als Kind:

Mein Gott, warum hast du mir solche Eltern geschenkt? Das ist ja furchtbar. Die haben weder Ahnung von Erziehung, noch vom Kochen, geschweige denn von einem angemessenen Taschengeld.

Doch jetzt kommt Abhilfe, denn jetzt kannst du dir die Super-Kinder-Nanny direkt ins Haus holen.

Und so wird's gemacht:

Einfach die Kinder-Nanny anrufen, deine Lage beschreiben und die Eltern fragen, ob sie eher an einem Besuch vom Jugendamt oder an einer zeitgemäßen Erziehung interessiert sind.

Das Tolle daran ist:

Wenn die Nanny dann kommt, dann wirst nur du verkabelt und bekommst die Anweisungen direkt ins Ohr geflüstert. Und wenn dein verunsicherter Vater beim Mittagessen fragt, ob einhundert Euro für diese Woche ausreichen, dann wirst du – mit der Nanny im Ohr – sagen: »Wenn du willst, Papa, dass ich nebenbei noch Mitschüler ausraube, dann reichen einhundert Euro. Aber wenn du willst, dass ich mir neue Schulbücher kaufe und mal was Vernünftiges esse, dann müssten es schon zweihundert sein.« Und wenn dein Vati dann rumheult, dass dafür seine zwei Jobs nicht reichen, dann drohst du ihm einfach mit der »Stillen Treppe«.

Aber Vorsicht:

Stiftung Warentest hat herausgefunden: Die Super-Nanny für Kinder ist nicht billig. Viele Kinder haben sich durch sie schon stark verschuldet und sich deshalb umgebracht. Also: immer auch die Ausgaben im Blick haben.

Hast du einen Trend verpennt, Johann fragen, Danke sagen.

12. Kapitel

Weshalb man Langeweile am stärksten dann vermisst, wenn ein Kind geschlüpft ist, das anschließend auch noch bei einem einzieht

Wenn man alleine wohnt und isst, ist es angenehmer und unterhaltsamer, dabei die Glotze einzuschalten, als in völliger Stille seine Mahlzeit einzunehmen. Aber auch in vielen Partnerschaften schleicht sich irgendwann die Gewohnheit ein, den Fernseher beim gemeinsamen Abendessen laufen zu lassen, um dem als unangenehm empfundenen Schweigen zu entkommen. Hiervor möchte ich warnen. Denn gerade als Paar, als seelisch umschlungene Liebesmagneten, sollte man in der Lage sein, sich nach dem Tischdecken und Hinsetzen fünf Minuten lang nur mit der Zubereitung seines Abendbrotes zu beschäftigen. Sich also ein Brot zu schmieren, das es in sich hat und auf sich, ein Brot, wie nur man selbst es hinbekommt, ein Brot, das alles hat, was ein Brot braucht. Ein Brot, das dem perfekten Brot näher kommt, als man seiner Partnerin je kommen wird. In diesen fünf Minuten braucht es keine Worte, und unangenehm wird es nur dann, wenn man in dieser Zeit zu wenig bei sich ist und seinem Brot, und zu sehr beim Gegenüber und bei gesellschaftlichen Vorstellungen über das Essen zu zweit.

Nach dieser konzentrierten Zubereitungsphase und dem ersten sehnlichst herbeigewünschten Bissen, nach den ersten Geschmackseindrücken und Schluckvorgängen liegt es nun an einem selbst, die schöne Zeit der Stille, die nichts mit Langeweile zu tun hat, mit einem Blick in die Runde zu öffnen und mit einem treffenden Satz zu sublimieren.

Eine positiv formulierte Kritik auf eine auffällige Verhaltensweise des Partners, eine ironische Spitze auf den wässrigen Nicht-Geschmack der geviertelten Tomate oder die Frage nach dem abendlichen Fernsehprogramm sind hier nur einige wenige Möglichkeiten, die es sorgsam auszuwählen gilt.

Wenn allerdings ein Kind diese wohlige Zweisamkeit sprengt, dann ist alles gerade Beschriebene hinfällig, unnötig und ohne Relevanz.

Ein Kind wischt – ohne dass es eigentlich wischen kann – alle Gewohnheiten und bewährten Strukturen, und vor allem die Langeweile, mit einem Wisch weg. Das ist nicht neu, sagen Sie? Eine Floskel aus der ELTERN-Psychologie? Das stimmt. Habe aber auch nichts anderes behauptet.

Ich sag's mal so: Ein Kind ist eine schöne Sache, wenn man damit umgehen kann. Kinder vernichten Langeweile allein durch ihr Sein. Das muss ihnen erst mal einer nachmachen. Dadurch, dass einem Kind schnell langweilig wird – mit Spielzeug zum Beispiel – und es uns so permanent unbewusst herausfordert, ihm diese Langeweile zu vertreiben und in neues Entdeckertum umzuwandeln, mit Haushaltsgeräten zum Beispiel, durch dieses Verhalten macht … oder erwirkt … nein, zerstört …

Kennen Sie das? Man geht in den Keller, Tür auf, Licht an, Treppe runter und unten weiß man nicht mehr, was man dort wollte? So ähnlich geht es mir auch mit diesem Satz gerade. Wollte irgendetwas Bedeutendes mitteilen. Habe es aber kurzfristig vergessen.[22] Was ich wohl sagen wollte: Wer Kinder hat, macht Fehler. Das Kind wächst und gedeiht, alles scheint gut, und eh man sich's versieht, ist es vom Gymnasium auf die Realschule gewechselt, hat diese geschmissen und liest jetzt im Dudel-Funk-Radio die Stellen vor, an denen die neuesten Blitzer stehen. Und man denkt: *Tja, da hätt ich ihm ja doch öfter mal ordentlich eine schallern können.*

---

[22] *Herr König befindet sich hier erneut zwischen Goldfisch und Oma, siehe hierzu die Einleitung im Kapitel »Wie man sich selbst mit einer gelungenen Mischung aus Vergesslichkeit und Trägheit das Leben retten kann und warum am Ende die Katze alles abbekommt«.*

Meine Freundin ist bewohnt

Es ist so, meine Freundin und ich, wir sind …, also wir haben, beziehungsweise ich habe – mit ihrem Einverständnis natürlich – habe ich sie also …, oder sagen wir, dafür gesorgt habe ich, dass wir zwei nicht mehr so alleine …, das heißt nicht mehr zu zweit sind. Mit anderen Worten: Es ist einer dazugekommen, in unseren Kreis, unseren kleinen Kreis, einer, mit dem wir so nicht …, na ja, jetzt ist er da, und wie es dazu kam, darum geht's im folgenden Liedtext:

Meine Freundin ist bewohnt

Meine Freundin ist bewohnt, und das hat sich schon gelohnt,
ich darf endlich alles machen, Essen kochen, Wäsche waschen,
darf mich ständig für sie bücken, und darf sie nicht mehr so doll
drücken.
Meine Freundin ist bewohnt und ich hoff sehr – dass sich das
lohnt.

1 Auf dem Ultraschall-Bild sieht es noch aus wie'n kleines Monster
und ich hoffe wie wild, dass das alles nicht umsonst war,
dass es gelingt und gut aussieht, es soll einfach gut geraten,
und lecker riechen, da sagt sie, »ich krieg ein Kind und keinen
Braten«.
Da hat sie natürlich recht, so wie zurzeit eigentlich immer,
denn ihr ist immer schlecht, und ich hab keinen Schimmer.
Sie wird täglich schwang und schwanger, und kriegt komische
Gelüste,
ihre Kleider werden enger, und betonen … ihre super Figur.

(Refrain)
Meine Freundin ist bewohnt, und das hat sich schon gelohnt,
ich darf endlich alles machen, Essen kochen, Wäsche waschen,
darf mich ständig für sie bücken, und darf sie nicht mehr so doll
drücken.
Meine Freundin ist bewohnt und ich hoff sehr – dass sich das
lohnt.

2 Sie hat einen Untermieter, und der tritt ihr in den Bauch,
und sie kann ihm nicht mal kündigen, und das weiß der Mieter
auch.
Doch wir wehren uns ganz einfach mit dem Namen, der ihn ziert,
und nennen ihn »Glutamat«, und dann mal sehen, was aus ihm
wird.
Und bereits im Kindergarten dann tuscheln die Klein'n:
»Guck mal, da kommt Glutamat, Eltern könn' so grausam sein.«
»Hallo, hallo, Glutamat, du hier und nicht im Parmesan,
guck mal, da komm' die Spaghetti und die Reibe … jetzt bisse
dran.«

(Refrain)
Meine Freundin ist bewohnt, und das hat sich schon gelohnt,
ich darf endlich alles machen, Essen kochen, Wäsche waschen,
ja ich trag ihr die Tüten und schau ihr zu beim Brüten,
meine Freundin ist bewohnt und ich hoff sehr – dass sich das
lohnt.

3 Jetzt dauert es nicht mehr lange, sie muss sich jetzt wirklich
schonen,
da frag ich mich plötzlich bange: »O Gott, wo wird er eigentlich
wohnen?
Doch wohl nicht in meinem Zimmer? bei Gewimmer kann ich
nicht schreiben!«
und dann noch eine Frage: Wie lang will er eigentlich bleiben?

Achtzehn Jahre? Mit einem wohnen, den man im Grunde gar
nicht kennt?
Achtzehn Jahre mit einem wohnen, der sich »Glutamat« nennt?
Am Ende will er noch studier'n. Sag mir, wer soll das berap-
pen?
Und dann würd mich noch interessier'n: Was warn noch mal …
Babyklappen?

(Refrain)
Meine Freundin ist bewohnt, und das hat sich schon gelohnt,
ich darf endlich alles machen, Wäsche kochen, Essen waschen,
ja ich trag ihr die Tüten und schau ihr zu beim Brüten,
meine Freundin ist bewohnt und ich hoff sehr – dass sich das
lohnt.

4 Jetzt ist die Bombe geplatzt, ach nein, es ist nur die Frucht-
blase,
jetzt bloß die Frau nicht vergessen, wenn ich ins Krankenhaus
rase.
CTG und PDA, alles klar, wird sofort gemacht,
ach so, ich mache hier gar nichts, na das hab ich mir gedacht.
Ich muss mich zurückhalten mit meinen Witzen,
und ich soll um Himmels willen hier im Kreissaal nicht blitzen.
Ach, komm eins noch, doch die Kamera fällt hin und ist futsch,
und bevor auch ich den Geist aufgebe, ruf ich noch: »Guten
Rutsch!«

(Refrain)
Meine Freundin ist bewohnt, und das hat sich schon gelohnt,
ich darf endlich alles machen, Essen kochen, Wäsche waschen,
ja ich trag sie zum Brüten und schau ihr auf die Tüten,
meine Freundin ist bewohnt und ich hoff sehr – dass sich das
lohnt.

5 In ihr ist jetzt wieder Platz, aber hier, hier wird er knapper.
O mein Gott, macht der Rabbatz! O Mann, wann sagt er endlich Papa?
Ich bin doch da, ich bin bereit, und der Ball ist aufgepumpt,
aber er liegt bloß da und schreit, nur weil der Brei angeblich klumpt.
Ach so, er darf noch keinen Brei! Na ja, woher soll ich das wissen?
O Mann, was für ein Geschrei, mein Gott, wer hat denn hier geschissen?
Also ich war's nicht, du auch nicht, na, wer wird's gewesen sein?
Er ist zwar niedlich süß und klein, aber mal ganz ehrlich … er ist auch ein Schwein.

6 Ich bin so stolz, denn ich hab nun einen Erben gezeugt.
   Na ja, man sieht's ihm noch nicht so an, denn er wird ja noch gesäugt. Auf jeden Fall ist er von uns, denn er hat wohl ihr Gesicht,
dazu meine Augenbrauen, na ja, schön ist das nicht.
   O Gott, natürlich ist er schön, es ist das schönste Kind auf Erden,
und außerdem, was noch nicht ist, das kann ja immer noch werden.
Und seine Mutter mag ich auch, nur für meine Wünsche ist sie blind,
und wenn das so weiter läuft, dann bleibt er sicher … ein Einzelkind.

(Refrain)
Meine Freundin war bewohnt, und das hat sich schon gelohnt,
ich kann jetzt alles selber machen, Essen kochen, Wäsche waschen,
ich erfüll ihr jeden Willen und schau ihr zu beim Stillen,
meine Freundin war bewohnt und ich denk schon,
wenn wir ihn weiter so hegen, wird er uns eines Tages pflegen.
Ja und dann hat sich das alles doch auf jeden Fall gelohnt.

Melodie-Ideen bitte an den Autor schicken.

184

Es atmet mich

Ich habe jetzt oft diesen Sekundenschlaf. Sekunden-Schlaf. Habe ich manchmal stundenlang. Ich bin so müde in letzter Zeit. Das ist nicht schön.

Muss wohl auch am Kind liegen. Wir haben ja jetzt diesen Sohn … bei uns wohn' … Wohnen ja, Miete nein. Das ist, glaub ich, sein Motto. Im Grunde haben wir uns eine kleine Mietnomade rangezüchtet. Na ja, Nomade, dann wird er wohl auch mal weiterziehen.

Ich weiß gar nicht, wie das passieren konnte. Meine Idee war das nicht. Neulich kam ein Freund vorbei und sagte: »Aha, das ist also das Produkt eurer Liebe.« Ich musste so lachen. Erst einmal ist es das Produkt harter Arbeit.

Nein, ist schon schön mit so einem Kind. Ehrlich. Ist total schön. Mit so einem Kind, das ist total superschön. Wirklich. Das ist total supi-hammer-klasse-schön ist das mit so einem Kind, das muss man sich einfach immer wieder sagen. Ich habe ja schon gedacht, dass es schön wird, aber dass es so schön wird … das hab ich in meinen schlimmsten Träumen nicht gedacht.

Nein, ist wirklich schön. Es ist einfach Wahnsinn: Man liegt da, mit Frau und Kind, und man könnte die ganze Zeit nur heulen. Vor Müdigkeit. Und weil alles so schön ist auch. Aber das vergisst man schnell, wenn man ständig so müde ist.

Wir haben jetzt dieses Buch gelesen »Jedes Kind kann schlafen lernen«. Alles klar! Ein Buch, mit dessen Hilfe die Eltern es hinkriegen sollen, dass das Kind im eigenen Bett schläft. Funktioniert nach einem ganz einfachen Prinzip: Man legt das Kind hin, ins eigene Bett, geht raus aus dem Zimmer, und wenn es schreit, geht man nach einer Minute wieder rein und sagt mit fester Stimme: »Hallo, mein liebes Kind, ich bin es, dein Vater. Ich bin nebenan, es ist alles in Ordnung, du kannst jetzt ruhig schlafen, … gute Nacht.« Dann geht man raus, und wenn das Kind weiterschreit, vergrößert man den Abstand, geht fünf Minuten später wieder rein und sagt wieder mit fester Stimme: »Hallo, mein liebes Kind, ich bin's noch mal, dein Vatter. Es ist alles in Ordnung, in bin nebenan, du kannst jetzt ruhig schlafen, ich bin auch sehr müde, … hau rein.«

Wenn das Kind dann immer noch weiterschreit, vergrößert man den Abstand wieder, geht zehn Minuten später wieder rein, sagt mit fester Stimme: »Kind, halt's … und Beinbruch. Ich bin's, dein Vater. Ich bin nebenan. Wenn was ist, brauchst du nur zu schreien. Jetzt ist aber nichts, du schreist nur so. Ich hör jetzt eh nichts mehr, ich hab die Ohrstöpsel drin.«

Und das hilft wirklich: Irgendwann schreit das Kind zehn Stunden am Stück, weiß aber: Der Vater ist nebenan. Man hat's ihm ja oft genug gesagt.

»Jedes Kind kann schlafen lernen«, ein Super-Buch. Bestseller. Viele Frauen haben ja auch Schlafprobleme, ich hab schon überlegt, ob ich auch eins schreibe: »Jede Frau kann schlafen lernen.« Und direkt hinterher: »Jede Frau kann mit mir schlafen lernen.« Funktioniert nach dem gleichen Prinzip: Man legt die Frau hin. Nach einer Minute geht man rein. Also ins Zimmer. Und sagt mit fester Stimme. »Hallo, Frau, ich bin's, dein Vat…, ne, dein Johann. Es ist alles in Ordnung, du kannst dich jetzt ruhig ausziehen. Ich bin auch sehr wuschig. Hau rein.«

Ja, und wenn's gut läuft, sind zehn Minuten später beide eingeschlafen.

Es ist echt schön mit so einem Kind. Man lernt so viel. Ich habe ja alles mitgemacht. Schon vor der Geburt, alle Seminare und Kurse: Schwangerschaftsvorbereitung, Geburtsvorbereitung, Nabelschnurdurchschneideangstüberwindungsvorbereitung, Babymassage, Babywickeln, Babyernährung, Babyschwimmen, Baby, Baby, BABY, BABY, BABY.

Nein, es ist wirklich schön mit Kind. Ehrlich. Ich genieße das total. Es gibt nichts Schöneres, als wenn man einfach nur daliegt, mit Frau und Kind und beide schlafen. Sagenhaft. Sagen ja auch alle: »Muss ja total schön sein mit Kind.« Ja! Ist es auch. Ist total schön. Auch wenn das Kind nicht wäre. Wär auch schön. Ohne Kind wär auch schön, aber das Kind ist natürlich noch mal das Sahnehäubchen. Auf dem i.

Ein Seminar, das ich mitgemacht habe, hieß: »Wir atmen uns zum Zeitvertreib zurück in unsern Mutterleib.« Der Raum, in dem wir saßen, wurde komplett abgedunkelt, und dann sagte jemand mit fester Stimme: »So, Leute, so dunkel wie hier ist es auch im Mutterleib. Die Notausgangsschilder sind die Schnittstellen nach draußen. Quasi die Kaiserschnittstellen. Und jetzt sagen wir alle gemeinsam: ›Wir sitzen hier im Schneidersitz und warten auf den Kaiserschnitz.‹

Und nun backen wir unserer Mutter einen Kuchen. Im übertragenen Sinne. Mutter-Kuchen backen. Frei nach dem Motto:

> Den ersten haben wir von ihr genommen,
> den letzten wird sie von uns bekommen.

Und das Atmen nicht vergessen. Und immer dran denken: Nicht ich atme, es atmet mich.«

Tagebuch mit Kind

Im 1. Jahr:

- 20. März:
  Habe gleich nach der Geburt eine Rund-SMS an alle verschickt. Eine halbe Stunde später ruft die ADAC-Pannenhilfe an und fragt, ob ihnen »Hurra, hurra, Hein Mück ist da« etwas sagen sollte. Ich sage: »Ähähäh, da ham Sie sich wohl verwählt« und lege auf. Fiffi sagt, dass wir uns schleunigst auf einen Namen einigen müssen, sonst würden die Leute noch glauben, der hieße tatsächlich »Hein Mück«. Ich sage: »Jaja«, sage ich, »da hast du mal wieder vollkommen recht.«

- 23. März:

  Ich koche, es ist wunderbar. Ich koche nämlich total gerne.

- 24. März:

  Wir sitzen beim Frühstück und ich freue mich, dass ich die ganze Apfel-Zwiebel-Leberwurst für mich allein habe. Fiffi darf in der Stillzeit nichts Blähendes essen. Und keine Zitrusfrüchte. »Tja, würde ja auch gerne stillen, aber da hat sich der Herrgott nun mal so entschieden«, murmel ich stumpf in mich hinein. Fiffi kommt vom Briefkasten zurück und fragt mich, warum in der Zeitung ein Bild von mir vorm Supermarkt mit einer Flasche Prosecco zu sehen ist.[23] Diese blöde Fot…, äh Fotografin. Fiffi öffnet die Post. Plötzlich fragt sie mich mit ernster Miene, warum in dem Schreiben vom Standesamt tatsächlich »Hein Mück« als Name steht. Ich sage: »Na ja, das hatten wir doch so …« – Das war doch ein Scherz, du Vollhorst. Ein Platzhalter, bis uns ein schöner Name einfällt.« – »Ach so. Na ja, dann kann man das doch bestimmt auch wieder ändern.« – »Ja, dann mach's auch.« – »Ja.« – »Heute noch.« – »Ja.« – »Sach denen, das war ein Versehen.« – »Ja.« – »Dein Versehen.« – »Jaha.«

  Stehe auf und nehme mir vor, morgen aus Spaß eine Orangen-Zwiebel-Suppe an Ananas-Grünkohl mit Linsen zu servieren.

- 30. März:

  Stehe in der Küche und schäle Kartoffeln. Gleich muss ich noch die Wäsche hochholen und aufhängen, den Müll rausbringen, Rasen mähen und die Küche aufräumen. Das mach ich alles total gerne. Fiffi sitzt derweil auf dem Sofa und stillt. »Faule Sau!«, denke ich. Laut. Denke wehmütig an die Zeit zurück, als wir uns kennenlernten. Wenn sie mir damals offen und ehrlich gesagt hätte, dass sie mich in wenigen Jahren zur Hausfrau macht und ihre Brüste tabu sind, wäre ich wahrscheinlich einfach weitergegangen. Ganz schön pfiffig.

---

[23] Siehe auch Supermarktgeschichte auf Seite 113.

- 1. April:

  Sage Fiffi, dass sie mal schnell kommen soll, Hein Mück hätte am ganzen Körper dicke, offene, rote Pusteln. Sie lässt irgendwas fallen und kommt herbeigeeilt. »Wo?«, fragt sie. »Ich sehe nichts.« Frage sie, ob sie nicht weiß, was heute für ein Datum ist. »Der 1. April«, sage ich und lache mich halb kaputt. Sie fragt, ob ich weiß, wer jetzt die Bolognese vom Küchenboden kratzt und neue kocht. Ich sage: »Ja, aber ich hab doch …«

- 3. April:

  Muss immer wieder an die Geburt denken. Zumindest immer dann, wenn sich der fette Hekto Pascal durch die Katzenklappe quetscht.

- 6. Mai:

  Hein Mück schläft immer noch mit bei uns im Bett. Habe also weniger Platz. Alle zwei Stunden will er trinken. Habe also weniger Schlaf. Immer, wenn die Tiefschlafphase leise anrückt, um mich zu holen, immer dann meldet sich Hein Mück und ruft ihr zu: »Den kriegst du nicht, du lahme Wurst, ich bin Hein Mück, und ich hab Durst.« Schiebe mir die Schaumstoffohrstöpsel tiefer in die Gehörgänge. Jetzt ist Ruhe. Zack, haut mir Fiffi auf die Schulter und fragt sehr laut, ob ich ihn mal wickeln kann. Ich sage, ja klar, mach ich gleich morgen nach dem Frühstück. Anscheinend hoffe ich, dass ich damit durchkomme. Sie holt noch mal aus und ich gehe wickeln. Hatte ganz vergessen, dass ich total gerne wickel. Nachts um halb drei

- 7. September:

  Fiffi hat Geburtstag. Na, dann mal herzlichen Glückwunsch. Ziehe mir zur Feier des Tages ein schickes Hemd an. Dann bekomme ich mit dem Satz »Der muss nur noch sein Bäuerchen machen« Hein Mück in den Arm gedrückt. Klopfe ihm leicht auf den Rücken. »Nicht so zaghaft«, sagt Fiffi. Haue etwas fester zu und bekomme dann statt eines luftigen Bäuerchens einen, sagen wir mal alteingesessenen Molkereibetreiber, zügig im Abgang, säuerlich im Bouquet, quer über Schulter und Rücken gelegt. Überlege, wenn Hein Mück vierzehn ist, einfach mal in sein Zimmer zu gehen und ihm kräftig aufs Bett zu kotzen. Und dann so was zu sagen wie: »So, jetzt weißte mal, wie das ist.«

Im 2. Jahr:

- 12. Februar:

Es ist ungefähr 22 Uhr am Abend, ich liege im Bett, drücke zwei Ohrstöpsel feste mit den Fingern zusammen und schiebe sie mir anschließend schön tief in die Ohren. Jeden Abend genieße ich das knisternde Rauschen, das entsteht, wenn sich der Schaumstoff langsam im Ohr ausdehnt, bis ich endlich nichts mehr höre. So liege ich nun da und warte auf den Schlaf. Als er gerade kommen will, um mich zu holen, beginnt Hekto Pascal an der Tür zu kratzen. Blöde Katze. Drücke die Ohrstöpsel tiefer in die Ohren. Es nützt nichts. Nehme einen Tennisball und werfe ihn gegen die Tür. Als er die Tür erreicht, merke ich, es war eine Boccia-Kugel. Fiffi schreckt hoch, Hein Mück schreit, und geistesgegenwärtig wie ich bin, fange ich an zu schnarchen. Fiffi haut mir auf die Schulter: »Wat war dat denn jetzt?« Ich sage: »Das regel ich alles morgen nach dem Frühstück« und schiebe mir die Ohrstöpsel ein letztes Mal tiefer hinein.

- 23 Uhr 8:

Sitze im Flur der Notfallambulanz und warte auf den Ohrenarzt. Schließlich erscheint ein Urologe, der meint, sich auch mit Ohren auszukennen. Dann könnte er sich ja Ohrologe nennen, werfe ich scherzend ein. Das Lachen vergeht mir wieder, als er mit einer langen Pinzette die Ohrstöpsel aus den geborstenen Trommelfellen zieht. »Aua, Aua Aua«, sage ich. »Dumm, dumm, dumm«, sagt der Arzt.

- 20. März:

  Hein Mück kann jetzt krabbeln und sitzen. Das bekommt auch Hekto Pascal zu spüren. Der hat gerade versucht, seinen Kopf durch das Boccia-Kugel-Loch in der Tür zu stecken und ist dabei hängen geblieben. Hein Mück fällt daraufhin nichts Besseres ein, als sich dazuzusetzen und die Tür immer wieder auf und zu zu schlagen. Nach geschlagenen sieben Minuten frage ich mich, warum ich da nicht eingreife. Kriege aber keine Antwort. Es ist einfach zu lustig. Und was macht eigentlich die Videokamera in meiner Hand …?

- 1. April:

  Sage Fiffi, dass Hein Mück beim Krabbeln das Katzenfutter von Hekto Pascal entdeckt und ein bisschen davon genascht hat. Sie sagt: »Ach, das ist doch nicht schlimm. In der Bolognese, die ich dir gestern gemacht hatte, war auch Katzenfutter.« Ich erschrecke kurz. Dann lachen wir beide. »Es ist so schön mit dir«, sage ich. »Ja, du mich auch«, sagt Fiffi.

- 22. Mai:

  Hein Mück lernt täglich dazu. Und auch er ist ganz schön pfiffig. Sein neustes Hobby geht so: Er hält Hekto Pascal kräftig am Schwanz fest und legt sich dann bäuchlings auf mein altes Skateboard. So lässt er sich durch die Wohnung ziehen. Dabei ruft er laut: »Katte, Katte, hüja, hüja.« Ich halte alles mit der Kamera fest. 250 Euro bekommt man für ein ausgestrahltes Video. Weiter so, Hein Mück, mein Goldesel.

- 25. Mai:

  Hein Mück hat gerade beim Krabbeln den Rest Katzenfutter von Hekto Pascal entdeckt und ganz schnell aufgegessen. Jetzt krabbelt er auf mich zu. »Aber nichts der Mama sagen«, sage ich. »Katte, Katte, esse, esse«, sagt er, und strahlt mich an. Manchmal glaube ich, er könnte schon sprechen. Er hat bloß keine Lust. Pfiffig.

- Eine Stunde später:

  Fiffi kommt nach Hause, nimmt Hein Mück hoch und fragt, warum der aus dem Mund nach Whiskas riecht. Anstatt zu sagen, dass ich mir das überhaupt nicht erklären kann, sage ich: »Sheba.« – »Was?« – »Sheba. Habe heute extra das gute Sheba geholt.« Fiffi holt aus und ruft: »Du dummes Schwein, du dummes!« Ich renne weinend in das, was von meinem Arbeitszimmer übrig geblieben ist.

- Die kommende Nacht:

  Habe geträumt, dass ich am Herd stehe und für Hein Mück einen Topf mit Katzenfutter warm mache. Dann kommt Hekto Pascal in die Küche. Er trägt eine Pampers und fragt mich, wann ich ihn endlich wickel. Schweißgebadet werde ich wach. O Mann, wann hört das endlich auf? Habe gehört, die ersten achtzehn Jahre mit Kind wären die schlimmsten. Na dann sind's ja nur noch …

Im dritten Jahr:

- 22. Mai:

  Fiffi sagt, sie glaubt, sie hätte gestern Abend bei Upps! Die Pannenshow ein Video gesehen, auf dem Hein Mück im Liegen aus dem Napf von Hekto Pascal isst. Es hätte genauso ausgesehen wie bei uns. »Das hast du geträumt«, sage ich. »Ach so«, sagt Fiffi, »na dann.«

- 30. Mai:

  Hein Mück kann jetzt laufen. Aber er läuft nicht gerne. Nur so kann ich mir sein neuestes Hobby erklären: Er setzt sich auf Hekto Pascal, wenn dieser noch schläft, hält sich am Halsband fest und ruft laut: »Katte, Katte, aufwache, hüja, hüja, hüja.«

- Einen Tag später:

In einer stillen Minute kommt Hekto Pascal in mein Zimmer und fragt mich, ob Hein Mück noch länger bei uns wohnt. Ich frage überrascht, seit wann er sprechen kann. Er sagt, ich solle keine Gegenfrage stellen. »Tja«, sage ich, »das wird wohl noch einige Zeit dauern. Ich find's auch hart, aber die Mama hat ihn ja irgendwie angeschleppt, und sie hängt auch sehr an ihm, so gesehen kann ich da nicht viel machen.« Hekto Pascal schaut mich traurig an. Dann sagt er mit fester Stimme: »Ich will zurück ins Tierheim.« – »Ach was. Das kriegen wir schon wieder hin. Er kann doch jetzt auch schon sprechen.« – »Jaja, Katte Katte, miau, miau, aua, aua.« – »Pass auf, wir treffen uns mal zu dritt, wenn die Mama nicht da ist. Und dann bereden wir das mal in Ruhe.« – »Okay.« Er ist einverstanden.

- Wieder einen Tag später:

Fiffi ist arbeiten. Treffe mich also mit Hein Mück und Hekto Pascal in Hein Mücks Zimmer. »So ihr beiden, ich weiß, ihr mögt euch nicht besonders, aber auf Dauer müssen wir alle friedlich miteinander klarkommen. Ihr gehört beide irgendwie zur Familie. Und darum fände ich es schön, wenn ihr beide …« – da unterbricht mich Hein Mück und spricht seinen ersten vollständigen Satz: »Alter, könntest du uns für einen Moment allein lassen.« Mir fällt vor Schreck die Kinnlade runter. »Du kannst sprechen? Du hast uns all die Zeit etwas vorgemacht?« »Ja, sichi!«, sagt er.

- Die kommende Nacht:

Habe wieder Albträume. Und ich weiß nicht, ob das stimmt, dass die beiden sprechen können, oder ob ich das nur geträumt habe. Traue mich nicht, Fiffi davon zu erzählen. Sie wird bestimmt wieder ausholen. Alte Fuck-Scheiße.

- Der nächste Tag:

Höre ganz deutlich an der angelehnten Tür, dass sich Hekto Pascal und Hein Mück unterhalten. Reiße die Tür auf, beide liegen stumm da und tun so, als wär nichts gewesen. Renne in die Küche und erzähle Fiffi davon. Voller Entsetzen ruft sie: »Ach, du scheiße, ich hab die Eier vergessen. – Was? Ja, hier für den Kuchen. Und meine Mutter hat doch recht, ich bin mit einem Verrückten verheiratet. Aber wir sind ja gar nicht verheiratet. Ach ja. Glück gehabt. Holst du Eier? Aber …« – »Ja klar, hol ich Eier, ich hol total gern Eier. Wiedersehen.«

- 5. Juni:
Lausche wieder an der Tür und höre ganz deutlich Hekto Pascal und Hein Mück reden. Offensichtlich verbrüdern sie sich gerade. Hein Mück erkundigt sich über mich und fragt: »Was macht *er* eigentlich beruflich?« – »Der ist Clown«, sagt Hekto Pascal. »Im Zirkus?« – »Nein, im Kaufhaus.« Beide lachen. »Klaun im Kaufhaus.« Sehr witzig. Na wartet. Euch kriege ich schon noch.

- 6. Juni:
Fiffi ist wieder arbeiten. Bin also den ganzen Vormittag allein mit den beiden Kindern. Ach ne, mit den beiden … Monstern. Installiere eine Videokamera in Hein Mücks Zimmer, um ja nichts zu verpassen. So.

Im 4. Jahr:

- 2. Januar:
Ich glaube, ich muss mich mehr bewegen. Fühle mich irgendwie ungelenk, eingerostet. Habe gerade festgestellt, dass wenn ich auf dem Boden sitze und die Beine lang mache, dass ich dann bei ausgestreckten Armen mit den Händen kaum an die Knie komme.

- 11. Januar:
Hein Mück wird langsam richtig frech. Und dann entschuldigt er alles damit, dass er noch ein Kind ist. Heute hat er mir gezeigt, wie man mit dem Schraubenzieher eine Katze auf die Autotür malt. Daraufhin habe ich ihm gezeigt, wo der Hammer hängt,

und wie man damit aus einem Kinderzimmer einen Hobbyraum macht.

- Am Abend:

Fiffi fragt, was die Tischtennisplatte, die Modelleisenbahn und das Trimmfahrrad in Hein Mücks Zimmer zu suchen haben. Ich sage: »Aber der hat mir das ganze Auto zerkratzt.« Fiffi sagt: »Ja, aber *der* ist auch noch ein Kind.« »Siehste, genau das mein ich. Dass er alles immer …«

- 5. März:

Hein Mück geht auf die Waldorfschule. Gefällt ihm gut dort. Blöd findet er nur, dass die Kinder auf der Straße immer »Vollholzlutscher« zu ihm sagen. Das mache ihn aggressiv.

- 6. März:

Gestern hat mir Hein Mück mit dem Schraubenzieher das komplette Auto zerkratzt. Habe zwar keine Ahnung davon, versuche aber waldorfpädagogisch auf ihn einzureden. »Weißt du, mein Sohn, so geht es nicht weiter. Dein Verhalten ist eh schon eine Katastrophe, aber das mit dem Auto, das war jetzt für mich ein weiterer Stein auf dem Haus der Enttäuschung.«

Daraufhin sagt Hein Mück zu mir: »Weißt du was, Alter, jetzt sag ich dir mal was: Ich hab ja in Mutters Leib deine Stimme schon gehört, und habe versucht, dich mir vorzustellen. Aber als ich dann draußen war und dich sah, das war dann für mich ein weiterer Fels auf dem Berg des Entsetzens.« Komisches Kind. Denke ich. Wer mit vier schon so redet, der wird bestimmt mal Politiker. So einer wie der Pofalla.

- 7. September:

Fiffi feiert ihren Geburtstag. Die ersten Gäste kommen. Alles sieht gut aus. Nur die Bowle hat keine Früchte mehr. Komisch. Will Hekto Pascal gerade das Abendbrot geben, da kommt mir Hein Mück torkelnd im Flur entgegen. Lallend ruft er: »Alter, Alter, Alter, Katte, Katte, hüja, hüja.« Ich nehme ihn hoch, und er dekoriert meinen Rücken mit angedauten Früchten. Überlege, ihn morgen mit zu IKEA zu nehmen und im Kinderparadies zu vergessen.

- 9. September:
Upps! Die Pannenshow ruft an und fragt, warum wir unser Kind immer wieder über ein schmales Brett im Gartenteich balancieren lassen, bis es endlich reinfällt. Ob wir es wegen des Geldes machen würden. Ich sage: »Ähähähäh, meine Frau, äh …« Und lege auf.

- Fünf Minuten später:
Upps! Die Pannenshow ruft schon wieder an. Diesmal ist Fiffi am Apparat. Sie sagen, sie wollten einfach nur fragen, ob wir nicht mehr von diesen lustigen Katzenvideos mit dem verrückten Kind hätten. Fiffi sagt: »Ähähäh, mein Mann …« und legt auf. Dann geht sie auf mich zu und brüllt: »Du Schwein, du benutzt Hein Mück, um hinter meinem Rücken Geld zu verdienen. Du gibst ihm Katzenfutter, und filmst alles. Du Schwein. Du Schwein. Du Schwein.«

- 6. Oktober:
Letzte Nacht habe ich geträumt, dass der liebe Gott, weil ich so böse bin, mir über Nacht einen Schweinekopf verpasst hat. Es war ein sehr realistischer Traum. Als ich wach werde, sehe ich vor mir liegend meine schlafende Freundin. Wenn sie gleich die Augen öffnet und laut schreit, weiß ich, dass es stimmt. Bin mir aber gerade gar nicht sicher, ob ich nicht bloß im Traum wach geworden bin. Also noch schlafe. Scheine noch zu träumen. Denn jetzt öffnet sie die Augen und beginnt, mich zu küssen. Und kurz darauf haben wir sogar Sex. Jetzt denke ich: *Hoffentlich ist es ein Traum*, denn ich rufe laut: »Fiffi, Fiffi, hüja, hüja.«

- Fühle mich beobachtet und merke, dass Hekto Pascal durch das Loch in der Tür guckt. Werfe ihm mit Schmackes eine Boccia-

Kugel an den Kopf. Er sagt laut: »Blödes Schwein.« Fiffi sagt: »Hast du das auch gehört?« – »Was? Ich hab nichts gehört. Lass uns weitermachen.«

Im 14. Jahr:

- 8. August:

  Seit Hein Mück so viel kifft, ist er eine richtige Trantüte. Und redet komische Sachen. Er will Politiker werden. So einer wie der Profalla. Ich gehe in sein Zimmer und finde bald ein ordentliches Päckchen Gras. Erinnere mich an früher, als ich mir mit Fiffi die Rübe zugequalmt habe. Bin ganz alleine zu Haus, drehe mir eine ordentliche Monstertüte und ziehe nach Jahren endlich mal wieder amtlich einen durch. Herrlich. Beginne zu reden und zu singen. »Katte, Katte, hüja, hüja. Fiffi, Fiffi, hüja, hüja.«

  Hole den Feuerlöscher und versuche, eine Schaumparty zu organisieren.

  Zerkratze mit dem Schraubenzieher seinen Parkettboden und rufe: »So, da siehste mal, wie das ist …«, nehme die Boccia-Kugeln und versuche, sie mit Hilfe des Baseballschlägers in seinen Fernseher zu befördern. Sehr lustig. Anschließend schneide ich ein Bild von Pofalla aus und klebe es über das Gesicht von Lukas Podolski.

  Dann wird mir übel. Gehe ans Fenster. Nonnen kommen vorbei. Ich rufe: »Na, ihr Pinguine, Lust auf 'ne Schaumschlacht?«

  Mir wird total schlecht. Kann mich nicht mehr beherrschen. Schaffe es gerade noch bis zum Bett und kotze Hein Mück aufs Kopfkissen. »Da kannste mal sehen, wie das ist«, lalle ich. Plötzlich geht die Tür auf. Fiffi kommt rein, hinter ihr Hein Mück und Hekto Pascal. Alle rufen im Chor: »Wer kotzt in fremde Betten rein, Papa, das bekiffte Schwein.«

- Eine Woche später:

Habe das Gefühl, dass mich die Leute in meinem Viertel komischer angucken als sonst. Sie gucken irgendwie anders. Lächelnd oder angewidert.

Im Supermarkt werde ich angesprochen. Die Käsefrau: »Na, Herr König? ›Katte, Katte, hüja, hüja? Oder lieber Fiffi, Fiffi, hüja, hüja?‹ Schraubenzieher gibt's dahinten.«

Bekomme eine Ahnung. Gehe nach Hause und werfe den PC an. Und da wird mein Verdacht bestätigt. Hein Mück hat meine Kifforgie komplett auf Video aufgenommen und dann bei YouTube reingestellt. Dort steht es auf Platz zwei der bekloppptesten Videos aus aller Welt. Name: »Katte, Katte, hüja, hüja.« Nur noch getoppt von Platz eins. Titel: »Handbetrieb im Randgebiet.«

Gute Nacht

Erst habe ich ihm eine
und dann sein Brot geschmiert,
das Erstere bereute ich,
das Zweite aber freute mich,
hat ich doch nach dem Hauen,
erst mal was zu kauen.

Nach dem Essen wurd ich müde
und begann zu gähnen,
ich tupfte mir noch rasch den Mund
ab und dann seine Tränen.

Er wollte nicht ins Bettchen gehen,
ich zeigte ihm, dass man
nicht nur die Gelegenheit
beim Schopfe packen kann.

Nachdem ins Zimmer er geschleift,
las ich ihm noch Rapunzel
vor, doch nur die Überschrift,
dann dimmte ich die Funzel.

Er begann laut rumzualbern,
ich sprach in sein Lachen,
er solle jetzt aufs Ohr sich hauen,
sonst würd ich das machen.

Er lachte weiter, dieser Schuft,
gab immer noch kein' Ruh,
da drückte ich, wie man so sagt,
einfach ein Auge zu.

Dann wollte er noch lesen und
hat erst nicht mehr geschrie'n,
als ich das Werkzeug nahm,
um ihm auch diesen Zahn zu ziehen.

13. Kapitel

Tour-Notizen ohne Königsfotografien (2003–2005)

Seit über zehn Jahren bin ich nun bereits im deutschsprachigen Raum unterwegs, und von Anbeginn an habe ich sowohl die schönen und phantastischen als auch die schmutzigen und traurigen Seiten des Tourlebens in Tagebuchform zusammengefasst. Es beginnt zu einer Zeit, als die Bühnen noch klein und die Auftritte ein lustiges Hobby für mich waren, und erzählt vom Reisen mit den bummeligen Bimmelbahnen der Republik, vom Nächtigen in »Im Ochsen« heißenden Gasthöfen in Bayern und vom Essen und Trinken im anglizismenfreien Hinterbühnenbereich. Als die Läden dann größer wurden, stand hinten schon mal *backstage* an einer Tür, die Hotels hatten einen Stern mehr, und im *Catering* war aus der Käsestulle ohne alles ein Lachsbrötchenverschnitt mit Dill-Optik geworden. Auf den nun folgenden Seiten kann man ihn nun nachverfolgen, den über zehn Jahre dauernden Aufstieg aus den Kleinkunsthöllen in die Mehrzweckhallen und den damit verbundenen Wandel vom schüchternen Poeten in grässlichen Klamotten zum progressiven Event-Entertainer im feinen Zwirn. Viel Spaß.

Mein größter Fauxpas

Seit ungefähr zwei Jahren sind wir mit einem kleinen Tourbus unterwegs, darum fahre ich nur noch sehr selten mit dem Zug. Aber davor, also von 1999 an, zu einer Zeit, als die Theater noch kleiner und die Städte noch abgelegener waren, bin ich fast ausschließlich mit der Bahn von Auftritt zu Auftritt gefahren. Und ich möchte es einmal so formulieren: Als ich auf der Bühne noch Amateur war, war ich auf der Schiene längst Vollprofi.

Im Internet suchte ich mir die Verbindungen raus, und schon da machte mir keiner etwas vor: Ich wusste genau, was RE, RB, IR oder IRE bedeuten, wie sich drei Stunden in der NOB anfühlen, die von der Nord- zur Ostsee fährt, wie lange »7 Minuten Fußweg« zur S-Bahn in Stuttgart wirklich dauern, was ein Bordbistro vom Bordrestaurant unterscheidet – nämlich unter anderem, dass im Bordbistro geraucht werden darf/durfte, was dazu führte, dass alle Raucher ins Bistro stürmten und dort die Einnahme von warm gemachter Nahrung ebenso unerträglich machten wie die mint-grün-violette Einrichtung – und ich kannte den Unterschied zwischen »ggf. freigeben« (für Last-Minute-Reservierer), »Reserviert von … bis …« (aufpassen: Köln heißt Hbf oder Deutz, das heißt immer Deutz abwarten), »Reserviert für Bahn-Komfort-Kunden« (war ich selber und habe immer mit größtem Vergnügen mit der Karte wedelnd Leute vertrieben).

Meine über lange Zeit gewachsene und immer wieder von Hass unterbrochene Liebe zur Deutschen Bahn zeigte sich am deutlichsten, als ich noch im Zug einen empörten Leserbrief an die Wochenend-Beilage der Süddeutschen Zeitung schrieb, nachdem ich dort den Artikel »Die Deutsche Bahn: Erfahrungsbericht einer Vielfahrerin« gelesen hatte, in dem wie in einem schlimmen Kabarettprogramm alle negativen Klischees über das Zugfahren in Deutschland aneinandergeklatscht waren und unter anderem behauptet wurde, der Ticket-Erwerb am Fahrkartenautomaten sei unfassbar kompliziert und zeitaufwendig. Das Gegenteil ist der Fall: Der Vielfahrer kennt sich aus, drückt lässig auf »Express-Kauf«, muss weder »Abfahrtsort«, »Abfahrtsdatum«, »Reise über« oder anderen Krempel eingeben, sondern nur sein Ziel, Verbindung auswählen, EC-Karte reinschieben, und in sage und schreibe – ich habe das tatsächlich mal gestoppt – sechzig Sekunden hat er sein Ticket.

Diese über Jahre erworbene Meisterschaft im Umgang mit der Deutschen Bahn bewahrte mich aber nicht vor einem Fauxpas ungeahnten Ausmaßes, meiner wohl dümmsten Bahnreise, die allerdings eines auf gar keinen Fall war: langweilig.

Am 29.03.2003 stand ein Auftritt in Frickenhausen auf dem Spielplan. Die Verbindungen hatte ich längst herausgesucht, mit Umsteigen musste man über vier Stunden Fahrt einplanen, und so stiegen wir – mein Gitarrist und Begleitmusiker Dr. Paul und ich – gegen Mittag in Köln HBF ein.

Dieser erste Zug kam schon mit Verspätung an, der Anschlusszug in Frankfurt wurde verpasst, und auch in Mannheim klappte rein gar nichts. Als wir am frühen Abend völlig genervt in unserem vorletzten Zug saßen und eine einstündige Verspätung abzusehen war, rief ich kurz vor Stuttgart HBF den Veranstalter an und teilte ihm mit, dass wir erst gegen 19 Uhr am Bahnhof ankommen würden. Darauf er: »Ja, an welchem Bahnhof denn?«

Ich: »Na ja, in Frickenhausen am Bahnhof.«

Er: »Tja, das ist jetzt komisch, denn … wir haben überhaupt keinen Bahnhof.«

Ich: »Ach?«

Er: »Wo seid Ihr denn gerade?«

Ich: »Im Zug nach Stuttgart.«

Er: »Mmh, wir sind ja hier bei Würzburg.«

Ich: »Ach, nicht bei Nürtingen?«

Er: »Nee. Bei Würzburg.«

Ich: »Sind Sie sicher?«

Er: »Ja, das weiß ich genau. Ich wohn ja hier.«

Ich: »Das ist ja … wohin … ich mein, wo ist denn der nächste Bahnhof bei Ihnen?«

Er: »Ochsenfurt. Ochsenfurt bei Würzburg.«

Ich: »Ochsenfurt bei Würzburg … alles klar. Wir kommen. Wird aber etwas später.«

Der Anflug von Panik in meinem Gesicht während des Telefonats hätte ihm gar nicht gefallen, hatte Dr. Paul nachher gesagt.

Überstürzt stiegen wir in Stuttgart aus, brüllten einen Schaffner an: »Nach Würzburg, nach Würzburg! Wann??? Und wo??? Sag schon! Los! Du, du Schaffner!« und saßen kurze Zeit später erleichtert in einem Zug, der uns in die richtige Richtung fuhr.

Was wir uns dann fragten, war allerdings weniger schön: Wo war die GITARRE? Dr. Paul hatte seine Gitarre im letzten Zug vergessen! Seine Gitarre, die er seit vielen Jahren gehegt und gepflegt hat, die er sich vom Munde abgespart hat, mit der er redete, die er befingerte, die er liebte. Noch mit keiner Frau hat er's so lange ausgehalten wie mit seiner *Gitti*. Wenn man Musikern zuhört, denen ihr Instrument abhanden gekommen ist, könnte man meinen, sie hätten gerade einen Arm verloren.

Gitti fuhr jetzt bestenfalls unbemerkt nach München, Dr. Paul war die nächsten Stunden damit beschäftigt, Nummern herauszufinden und sich verbinden zu lassen mit Bahnangestellten aller Art und dem Chef des Fundbüros im HBF München, und ich musste dem Veranstalter erklären, dass wir wohl ins falsche Frickenhausen unterwegs gewesen waren und gegen 21 Uhr im richtigen ankommen könnten. Im Taxi von Ochsenfurt nach Frickenhausen zog ich mich um, um dann direkt, quasi aus dem fahrenden Wagen heraus auf die Bühne zu stürzen, von wo aus ich mir von einer johlenden Menge dumme Sprüche über meine geographischen Kenntnisse im Allgemeinen und etwas anderem im Speziellen anhören musste.

Das Programm dauerte nicht ganz so lange wie üblich, vermutlich deshalb, weil die drei Lieder mit Gitarrenbegleitung wegfielen, und am Ende zog mir der Veranstalter wegen der Verspätung und der angeblich verärgerten Gäste etwas von der Gage ab, obwohl er eine Stunde länger Getränke verkauft hatte. Der Schuft.

Völlig fertig betranken wir uns am späten Abend noch schnell im *Ochsenhof,* und die bange Frage, die mich im Hinblick auf den Auftritt am nächsten Tag beglitt, war einzig die: Wie viele Höchbergs gibt es?

2003

02. 06. / Montag / 16 Uhr 44:

Montags habe ich immer spielfrei. Weil ich da am Abend Fuß-
ball spiele. So habe ich den ganzen Tag Zeit für alles Mögliche.
Ich hab aber auch immer verdammt viel zu tun, Mann, Mann,
Mann. Was so nebenher alles anfällt. Haushalt, Steuer, Post, neue
Spülmaschinentaps aus dem Schlecker holen, Wäsche waschen,
Wäsche aufhängen, Wäsche wieder reinholen, weil's regnet. Und
essen natürlich. Immer dieses Sich-ums-Essen-kümmern-Müssen,
das macht mich wahnsinnig. Und das Trinken nicht vergessen.
Und dann noch alles aufschreiben ins Tourtagebuch. Montag ist
im Grunde der stressigste Tag der Woche. Freue mich schon auf
morgen.

04. 06. / Mittwoch / 10 Uhr 42:

Letzten Mittwoch war ich bei Harald Schmidt in der Sendung.
Dabei fiel mir ein, dass einige meiner Kollegen in regelmäßigen
Abständen sagen, die Harald Schmidt Show wäre für sie zur-
zeit wie ein »Gottesdienst«. So zum Beispiel während des Irak-
Krieges.

Gleichzeitig geben Menschen aus der Humorbranche immer
wieder von sich, der österreichische Kabarettist Joseph Hader sei
für sie »ein Gott«.

Vor einigen Wochen war Hader bei Schmidt zu Gast. Leider
habe ich die Sendung nicht gesehen, aber ich stelle mir vor, wenn
Gott im Gottesdienst erscheint, dann ist die Stimmung dahin und
alles erstarrt in Ehrfurcht.

10. 06. / Dienstag / 11 Uhr 00:

Fernsehen ist wichtig. Das leuchtet ein. Bis ich im Kleinkunst-
bereich die Anzahl der Zuschauer erreicht habe, die ich mit einem
Fernsehauftritt erreiche, muss ich viele Jahre auf Tour sein.

Dennoch habe ich mehr Respekt vor Künstlern, die ohne eine

hohe Fernsehpräsenz eine große Zahl von Zuschauern in ihre Veranstaltungen locken.

Mein Gott ist das langweilig.

Ich glaube, es ist einfach noch zu früh.

16.06. / Montag / 13 Uhr 28:

Gerade hat einer im Fernseher gesagt: »Ich sach ma so: Gewalt erzeugt auch immer Gegengewalt. Und ich bin Gegengewalt.« Der Schlingel.

15.07. / Dienstag / 13 Uhr 06:

Unglaublich: am Samstag in Nidderau bin ich auf dem Marktplatz aufgetreten. Sehr hübsch alles. Zwischendurch bemerkte ich, dass sich einer die Show anschaut, ohne zu bezahlen. Er hat einfach aus seinem Fenster im zweiten Stock geguckt. Später hat er noch seine Videokamera geholt und den Rest der Show gefilmt. Unfassbar, oder? Ich meine, da waren bestimmt fünfzig Fenster, und dann guckt nur einer. Nur ein Einziger! Für mich völlig unverständlich.

28.07. / Montag / 09 Uhr 45:

Am Samstag in Solingen, da hat mir bei der anschließenden Autogrammhalbenstunde eine vielleicht neunjährige, unangemessen aufgetakelte Blondine mittelkräftig vors rechte Schienbein getreten, um mir dann rotzfrechstolzdreist mitzuteilen, ich solle doch keine Witze mehr über Kinder machen. Da hab ich natürlich gedacht: *Mädchen, jetzt erst recht.*

2004

25.10. / Montag / 13 Uhr 39:

Habe geträumt, dass ich zu Angela Merkel sage: »Sie, Ihre Frisur, die ist mir scheißegal, aber die Politik, die Sie machen, die finde ich noch viel, viel schlimmer.«

25. 10. / Montag / 16 Uhr 58:

Es ist Freitagnachmittag. Ich sitze in einem Kaffee-&-Kuchen-Café in Erfurt. Da kommt der Kaffee. Beim Verrühren mit der Sahne erhält er die gleiche Farbe wie das Café: Ocker. Alles hier ist ocker. Oder creme. Die Wände, der Teppich, das Licht.

Jetzt kommt der Kuchen. Er ist beige. Ein beiger Apfelkuchen. Lecker. Wie meine Hose. Die Vanillesoße ist etwas heller. Wie ocker, aber mit Deckweiß gestreckt.

Bei der Bezahlung fallen mir die Haare der Bedienung ins Auge. Sie sind ocker-beige, aber etwas blässlich. Ich ordne ihnen einen Farbton zu, den ich für das gesamte Café passend finde: Gilb. Ein vergängliches Milben-Gilb.

Womöglich ist das ganze Café nur eine vergilbte Fotografie. Eine Erinnerung an einen öden Montagnachmittag in Erfurt, die langsam verblasst.

2005

19. 01. / Mittwoch / 18 Uhr 42:

In einem Kaffee-&-Kuchen-Café in Freiburg fragte mich eine Dame, nachdem ich einmal kräftig geniest hatte, ob ich Tuberkulose hätte. Als ich verneinte, erhob sich die Frau und setzte sich mit der Erklärung, nach einem Glas Rotwein immer sehr gesprächig zu sein, zu uns an den Tisch.

In den folgenden gefühlten zwanzig Minuten erzählte sie von ihrem an Tuberkulose verstorbenen Mann, von den verschiedenen Krankenhäusern der Gegend, von Freiburg im Allgemeinen, den »Scheinbettlern« im Speziellen und von den das Münster fotografierenden Touristen, die, so wie sie aussehen, überhaupt nicht vorbereitet wären, wenn es jetzt einen Terroranschlag gäbe.

Beobachter der Szene schmunzelten uns amüsiert zu und gingen dann.

Irgendwann ließ die Dame von uns ab. Und seitdem weiß ich:

1. Älteren Damen nachmittags keinen Rotwein geben.

2. Wenn dich jemand fragt, ob du Tuberkulose hast, immer ja sagen.

12.02. / Samstag / 17 Uhr 27:

Wir reisen mit dem Zug nach Dornstetten, werden am Bahnhof abgeholt und erfahren von der Veranstalterin, dass das ursprünglich vorgesehene »Gasthaus Waldgericht«, das älteste im Nordschwarzwald, wegen eines Wasserschadens leider nicht als Quartier dienen kann, weshalb wir notgedrungen in eine andere Unterkunft verfrachtet werden, und zwar in den »Gasthof Linde«.

»Aber keine Sorge, da sin au scho gute Zimmer. Einfach und sauber.«

»Ich hab es aber lieber verspielt und schmutzig«, hätte ich da gern erwidert, zügelte mich aber ohne größere Anstrengungen. Ein luxuriöses Tourleben habe ich mir irgendwie anders vorgestellt.

12.02. / Samstag / 20 Uhr 02:

Der Auftritt in Dornstetten: Zweihundert Menschen in einer Turnhalle, die Anfangsmusik erklingt, das Licht wird gedimmt, der Name des Künstlers ertönt, er betritt die Bühne, Applaus brandet auf, das Licht entfaltet seine volle Kraft, am Mikrophon angekommen wird das Abebben des Beifalls abgewartet, bis das erste Wort gesprochen wird.

Diese Variante wurde in Dornstetten nicht durchgespielt.

Was auch daran lag, dass der Künstler das Licht kurz vor seinem Auftritt selbst komplett hochfahren musste, und zwar am Lichtpult hinter dem Vorhang, weil der Techniker sich mit seinem Tonpult im Zuschauerraum aufgebaut hatte und seine Frau dafür abgestellt war, das Saallicht zu bedienen. Klingt komplizierter, nein, ist komplizierter, als es klingt.

Der weitere Abend war geprägt von nicht anfangen wollendem Applaus und betrunkenen Zwischenrufen wie zum Beispiel »Ausziehen«.

Ich finde, man muss auch mal den Mut haben, nicht alles in Grund und Boden zu loben.

13.02. / Sonntag / 12 Uhr 25:
Nach dem Frühstück machen wir einen Stadtrundgang durch Dornstetten. Es gibt dort noch andere Gasthöfe »Mit Fremdenzimmer«, die »Zum Adler« oder »Zum Ochsen« heißen. Wir finden, dass unser Gasthof eigentlich »Zum fettigen Rührei« heißen müsste. Oder »Zum viel zu starken Kaffee«. Aber auf uns hört ja keiner. Genug jetzt. Auf Nimmerwiedersehen.

02.03. / Mittwoch / 12 Uhr 46:
Bonn, Pantheon:
Wenn man den ganzen Abend lang das ungute Gefühl hat, permanent aneinander vorbeizureden, dann ist das schon schade. Aber wer kann etwas dafür? Das Publikum? Nein!
Das Publikum ist per se zu loben,
denn es hat seinen Arsch erhoben.
Ja, es hat sich informiert, telefoniert, ist aus dem Haus gegangen durch die Kälte, und hat die harten, lehnenlosen Holzstühle im Theater dem weichen Sofa im Wohnzimmer vorgezogen.
Also der Auftretende? Nein!
Er macht seinen Job so gut er kann und ist natürlich wie jeder Sportler tagesförmlichen Schwankungen unterworfen.
Aber was ist dann schiefgelaufen?
Einigen Leuten hat es auch gefallen. War das dann das richtige Publikum im falschen?
So viele unwägbare Umstände tragen zum Gelingen eines humorigen Abends bei, dass es müßig ist, sie zu ergründen.
Auf jeden Fall zeigt so ein Abend, dass noch nichts gewonnen ist. Vor dem Auftritt ist nach dem Auftritt, und es fängt immer wieder bei einem null zu null an.
Danke Bonn für diese Erkenntnis.

18.03. / Freitag / 13 Uhr 51:

Hier ins Notizbuch schreiben wir immer lustige, merkwürdige oder irgendwie bemerkenswerte Dinge, die uns auf der Tour widerfahren. Seit zwei Tagen sind wir jetzt in Bünde.

21.03. / Montag / 17 Uhr 35:

In Braunschweig, da kam ich gegen 20 Uhr von der Toilette, und hörte noch so eben einen abebbenden Applaus. Ich lugte durch den Vorhang und sah: das Saallicht war aus, die Bühne voll erleuchtet. Die Leuchten von der Technik hatten also schon das Intro abgefahren, ohne mir Bescheid zu sagen. Ich brauche aber genau diese Minute, die das Intro dauert, um in die richtige Lage und Laune für den Auftritt versetzt zu werden.

Nach vielleicht eineinhalb Minuten betrat ich dann widerwillig die Bühne. Und alle dachten, das gehört so. Flitzpiepen.

15.05. / Sonntag / 22 Uhr 30:

Bin heute mit dem Zug von Hannover nach Köln gefahren. Neben mir saß eine Mutter samt Sohnemann. Er hörte über Kopfhörer die Zugprogramme, sie las das Buch »Miteinander reden«.

Und tatsächlich versuchte sie permanent, sich mit ihm zu unterhalten. Dazu hatte der vielleicht achtjährige Knabe aber nicht die geringste Lust. Irgendwann wurde es ihr zu bunt, er musste, auch wenn er nicht mit ihr reden wollte, bis Köln die Kopfhörer abnehmen.

»Oh, toll, und was soll ich jetzt machen?«, fragte er verzweifelt.

Darauf die Mutter: »Guck doch aus dem Fenster!«

Er: »Hab ich schon.«

Nun gab die Mutter ihrem Kind ›Die Zeit‹. Genau, das knallige Jugendblättchen für zwischendurch. Er könnte ja ein bisschen »drin herummalen«. Unwillig nahm der Junge einen Stift, betrachtete das Titelbild, und malte Angela Merkel ein Hitlerbärtchen.

Diese bewusste, aber unwissende Provokation war der Mutter sehr peinlich.

»Was machst du denn da? Na ja. Machst halt 'nen Schnauzer draus.«

Stelle mir vor, wie die Mutter aus dem kurzen, schwarzen ein neutrales Bärtchen macht, damit zu Hause niemand auf komische Gedanken kommt. Das arme Kind.

23.06. / Donnerstag / 12 Uhr 00:

Open air, yeah.

In Fürth war der Auftritt in einem Stadtpark. Um 19.30 Uhr ging's los. Damit wir noch im Hellen aufhören. Das Publikum saß auf großen Stufen und hatte einen herrlichen Blick auf den Parksee. Ich stand unten auf einem Betonplateau und hatte die ganze Zeit die Zuschauer im Blick. Normalerweise, wenn ich ordentlich mit Schein beworfen werde, sehe ich die Leute nicht, aber um diese Uhrzeit in einem nicht überdachten Park, da sehe ich sie ganz deutlich, und das irritiert.

Durch die Blicke in einzelne Gesichter entsteht eine persönliche Nähe, die nicht förderlich ist. Ich will nicht Einzelne sehen, sondern das Publikum als eine Masse wahrnehmen. Es fehlt dann etwas an Spannung, weil die Distanz fehlt.

Was ich eigentlich schreiben wollte: Das Auftrittsterrain in dem Park war eingezäunt, und weil sich Nicht-bezahlen-Woller außen am Zaun herumdrückten, fühlte ich mich ein bisschen wie in einem Gehege vom Streichelzoo.

Und als ich dann in der zweiten Hälfte fragte: »Wie viel Uhr ist es eigentlich?«, da musste kein Zuschauer antworten, denn die nahe liegende Kirchturmglocke schlug neunmal.

Danke, Fürth!

25.06. / Samstag / 16 Uhr 05:

Vor der Arbeit, das heißt vor dem Auftritt trinke ich nie auch nur einen Schluck Alkohol. Früher war das anders: Vor meinen allerersten Auftritten habe ich immer fünf bis acht Kölsch trinken müssen, um mich auf die Bühne zu trauen. Das ist aber lange her.

Gestern in Tübingen habe ich aus einer lauen Sommernachtslaune heraus in der Pause ein Glas Rotwein getrunken. Und keiner hat was gemerkt. Selbst ich nicht. Na dann kann ich's ja auch lassen. Oder gerade weitermachen. Meine Güte möcht ich haben.

08. 07. / Freitag / 12 Uhr 21:

Spiele gerade allabendlich im Quatsch Comedy Club Mix in Berlin, zusammen mit vier Kollegen. Als alter Showhase bin mittlerweile ich dafür zuständig, die jüngeren Mitstreiter zu verunsichern. Kurz bevor – nennen wir ihn mal Benjamin – auftritt, sollte man ihm sagen: »Ganz hartes Publikum heute. Entweder du kriegst die in den ersten 30 Sekunden, oder du kackst ab. Aber, na ja … versuch's.«

Wenn er dann wider Erwarten einen guten Auftritt hingelegt hat und hinter die Bühne kommt, hat es sich bewährt, mit ernster Miene zu fragen: »Hey, was war denn los? Warst du so nervös?«

Später an der Bar kann man ihm noch etwas Nettes ins Ohr flüstern: »Sag mal, kriegst du eigentlich auch 5000 Euro für die 10 Minuten? Na dann bis morgen, tschö.«

Die jungen Leute sollen gar nicht erst auf den Gedanken kommen, sie hätten schon irgendetwas erreicht.

15. 07. / Freitag / 16 Uhr 18:

Ertappe mich dabei, wie ich in der U-Bahn einen vollbärtigen, marokkanisch aussehenden Mann mit Rucksack misstrauisch anschaue. Schlimm. So etwas sollte nicht passieren.

Ich schließe kurz die Augen und schaue ihn dann freundlich an. Doch da ist er schon weg. Hoffentlich hat er seine Bombe mitgenommen.

21. 10. / Freitag / 13 Uhr 04:

In Verden macht man viel mit Pferden. Ja, wirklich. Verden ist Pferdestadt. Es gibt eine Rennbahn, ein riesiges Bronzepferd aus Plastik, eine Bronzeplastik, und einen Fußweg, in den Hufeisen eingelassen sind, auf denen Namen stehen. Der Verdener Walk of Fame.

Ich verstehe einfach nicht, warum man die Stadt nicht umbenennt. In »Pferden« zum Beispiel.

Wahrscheinlich, weil Sätze wie »ich war schon oft in Pferden«, »ich bin gern in Pferden« oder »Mann, ist das heiß in Pferden« missverstanden werden könnten. Zumindest geschrieben.

War übrigens ein sehr schöner Abend bei euch. Hüh.

22. 10. / Samstag / 13 Uhr 18:

In Bremen im MODERNES gab es Probleme mit den Monitorboxen auf der Bühne. Sie fingen immer wieder an, unerträglich zu brummen. Als es in der zweiten Hälfte nicht besser wurde, wäre ich fast eskaliert. Ich war wirklich wütend. Das passiert mir auf der Bühne äußerst selten. Ich bin zu der einen hin und habe sie getreten. Immer wieder. Bis sie falsch rum in der Ecke lag. Und siehe da: Sie war still. Also auf zur anderen und das Gleiche noch mal. Das hat richtig Spaß gemacht. Von wegen Gewalt ist keine Lösung. Im neuen Programm möchte ich auf jeden Fall irgendetwas kaputttreten. Und dabei laut »Eskalation« rufen. Oder »Rock 'n' Roll«.

25. 10. / Dienstag / 13 Uhr 45:

Während der Zugfahrt nach Niebüll haben wir in kleinen Orten wie Lunden oder Bredstedt gehalten. Dabei fiel mir auf, dass sich die Menschen – sobald der Zug am Gleis hielt – so eifrig und in freudiger Erwartung an den Türen drängten, als würden sie gleich in ein Karussell einsteigen.

Darum sagt man wohl auch: »Die Bahn – das Karussell der Provinz«.

Dementsprechend sind dort auch die Ansagen:

»Hier noch mal zugestiegen, hier noch mal dabei sein, jetzt geht's gleich wieder los. Drehen wir zwei Runden, schon sind wir in Lunden.«

20. 11. / Sonntag / 13 Uhr 33:
»Nichts auf dieser Welt ist schlimmer als ein leeres Hotelzimmer«, sang Nena vor geschätzten zwanzig Jahren, und erst jetzt weiß ich, was sie meinte.

Gestern in Mannheim hatte ich wohl noch den Grundriss des Zimmers von vorgestern in Bad Mergentheim im Kopf. Bin also nachts aufgewacht, wollte zur Toilette und bin stumpf gegen eine Wand gelaufen.

22. 11. / Dienstag / 12 Uhr 22:
Bin gerade für eine Nacht in einem Nobelhotel untergebracht. Die Bediensteten sind offensichtlich dazu angehalten, dem Gast nach einer gemeinsamen Fahrt im Aufzug einen »schönen Tag« zu wünschen. Darauf war ich nach dem dritten Mal konditioniert und erwiderte automatisch und rasch: »Danke, Ihnen auch.« Dann fiel mir erst auf, was der Mann gesagt hatte: »Auf Wiedersehen.«

14. Kapitel

Tour-Tagebuch mit Königsfotografien, Teil I
(2006–2008)

»Wem Gott die rechte Gunst erweisen will, den schickt er einfach auf Tournee« sang einst Reinhard Mey. Wer nicht an Gott glaubt, sollte die Gunst der Tournee dennoch nutzen, um sie als Geschenk zu betrachten, zu genießen und zu dokumentieren. All das wurde hier versucht.

Ob am oder

im Wasser: Der Laptop ist immer dabei.
Und der Fotoapparat mit Selbstauslöser.

Meschede am 19.01.2008:

Im sauerländischen Meschede haben die Stadthalle und der Hertie denselben Eingang. Wenn man im zweiten Stock falsch abbiegt, landet man in der Damen- statt in der Humorabteilung.

Wenn man bereits unten falsch abbiegt, landet man in einer Wurstbude mit dem angenehm unoriginellen Namen »Die Bratwurst«. Gut, dass am Samstag gegen halb sieben in Meschede-City niemand Gefahr läuft, falsch abzubiegen. Weil eh niemand überhaupt läuft, oder wenn dann gefahrlos zu Hause.

Der einsame Künstler im Bildvordergrund, der auf diesem Platz des himmlischen Friedens umherstreunt und Inspiration sucht für die bevorstehende Show, war noch nie im Hertie. Ist jetzt auch zu spät, denn »sorry, wir schließen jetze!« Kein Wunder, dass Hertie dichtmacht.

Schönen Feierabend.

Einer der letzten Herties Deutschlands.

Neubrandenburg am 16.9.2006:

Filmpalast:

Wollte in Neubrandenburg ins Kino gehen. Das hat leider noch nicht geöffnet. Na, dann komm ich eben später wieder.

Die Mauer ist weg, der Zaun bleibt.

Hamburg am 23.09.2006:

In Hamburg beim Reeperbahnfestival auf dem Blumfeldkonzert: Mit mir im Publikum steht eine wohlproportionierte, schwarze Frau. Sie lächelt mich an, ich lächel sie an. Ich denke: *Oh, die hat mich erkannt. Wie schön, eine schwarze Frau, die mich erkennt.*

Eine Stunde später: Beim Anschlusskonzert von Matthew Herbert steht genau diese Frau mit weißer Bassgitarre auf der Bühne. Und plötzlich wird mir klar, was sie bei unserem kurzen Flirt gedacht hat: *Oh, der hat mich erkannt. Wie schön …*

Tja, da haben wir uns wohl gegenseitig geirrt.

Und so führt das Tragen eines halbwegs bekannten Gesichts immer wieder zu merkwürdigen Fehlinterpretationen, die nur dann hilfreich sind, wenn durch ihre Aufklärung die eigene Eingebildetheit in Grenzen gehalten wird.

Fotografischer Anfängerfehler: Schwarze Frau vor schwarzem Grund.

Hamburg am 24. 09. 2006:

Bin nach dem letzten Auftritt mit ein paar Kollegen in der Karao-ke-Bar »Thai Oase« abgestürzt. Ich habe sogar ein Lied gesungen (»Sunny«) und inständig gehofft, dass mich niemand erkennt. Da kam nach dem Lied jemand auf mich zu und meinte: »Also, Johann König find ich ja richtig scheiße, aber das war wirklich lustig.«

Tja, man kann es sich nicht aussuchen.

Köln am 17. 10. 2006:

Pizza 4 you, store 4 kids, come 2 me, 6 mit dir, ich 5 auf dich …

Das ist doch alles höchst 2felhalt. Und 1eitig. Man sollte doch 8sam mit Sprache umgehen und nicht 3st Zahlen einbauen. Ich schreib ja auch nicht:

Ich siebte und siebte und siebte, weil ich das 7 so liebte. Oder: 1am hängt der 2g am En3m. Das ergibt auch noch keinen Sinn.

Aber wenn man dann noch den schlechtesten Sprayer der Stadt engagiert, damit der einem mal ordentlich das Auto verschandelt, dann ist das im Grunde nur konsequent.

Obwohl, es gibt auch schöne Zahlwortspiele: »ohne 10e mit dem 3rad zu 11riede«. Ist schon irgendwie …? Oder …? Nein? Gar nicht? Okay.

Zahlwortspiel

Berlin am 20. 10. 2006:
Wenn man die Weltbevölkerung dazu bewegen könnte, dass jeder der circa sechs Milliarden Menschen zehn Euro nach Berlin überweist, dann wäre unsere Superhauptstadt auf einen Schlag schuldenfrei. Das ist doch nicht zu viel verlangt, oder?

Fürth am 30. 10. 2006:
Erneut ist ein neues, makabres Schockfoto aufgetaucht: Zwei bislang unbekannte Männer lassen sich mit einem Totenschädel fotografieren. Der rechte, der aussieht wie ein schlecht angezogener Radioreporter, hält den Schädel fest, der andere ascht in den aufgebohrten Oberkopf.

Die beiden perversen Brüder stehen angeblich in einer Theatergarderobe in Fürth und sind als Pausenclowns gebucht. Ein Informant aus Pattonville kündigte weitere Fotos an.

Geschmackloses Gepose zweier Unbekannter.

Langenhagen am 06. 11. 2006:
Ein schockierendes Foto aufgetaucht!

In Langenhagen vor dem Theatersaal steht für alle sichtbar ein Mann in grober Holzschnitzoptik und posiert lässig mit einem grinsenden Totenschädel auf dem Arm. Die geschmacklose Skulptur hat angeblich nichts mit der makabren Störung der Totenruhe zu tun, sondern stellt im Gegenteil eine Verhöhnung der Toten dar.

Also eine Verhöhnung durch die Toten. Das heißt die Toten verhöhnen die Lebenden. Weil es ihnen besser geht. Deshalb grinst der Totenschädel. Alles klar.

Makabre Holzskulptur in Langenhagen.

Im Taxi am 09. 11. 2006:

Dialog mit einem Taxifahrer, der sich selbst erst kennenlernt.

Er: »Hoffentlich gewinnt der FC heute.«

Ich: »Ach, ich denke schon. Ich tippe 2 zu 0.«

Er: »Ja …, ja das vermute ich wahrscheinlich auch.«

Kempten am 15. 11. 2006:

Im 4-Sterne-Hotel »Bayerischer Hof« im schönen Kempten gibt es auf den Zimmern die klassischen Minibar-Schränkchen, allerdings ohne Inhalt. Stattdessen steht auf dem Flur ein riesiger Minibar-Automat mit Getränken aller Art, auch gekühltem Rotwein und kleinen Snacks. In einer Box liegen sogar Havesta-Fischdosen mit Hering in Tomatensoße samt einer Scheibe Schwarzbrot und Plastikbesteck – für nur zwei Euro. Klasse.

Wahrscheinlich wurden die Minibars auf den Zimmern allzu oft leergetrunken, ohne dass sich der Gast bei der Abreise an die Leerung erinnern mochte. Und dann hatte der Minibar-Automatenverkäufer am Schluss noch ein sehr menschliches Argument für seine Maschine: »Außerdem fördert dieser Automat die Kommunikation unter den Gästen, die nicht mehr alleine auf ihren Zimmern hocken und fernsehen, sondern sich hier zufällig treffen, ins Plaudern geraten, gemeinsam ein Bier trinken und irgendwann bei Wein, Chips und einer Dose Fisch zusammen reden und lachen und weinen und schweigen, bis sich schließlich ihre Leben ineinander verweben.«

Die Wahrheit sieht anders aus: Denn wenn man es sich vor dieser mächtigen beleuchteten Doppelschrankhälfte mit etwas Knabberkram und einem halben Liter Rotwein gemütlich macht und auf Gäste wartet, dann kommt niemand. Außer einer Rezeptionsfrau, die fragt, ob alles in Ordnung sei. Wahrscheinlich ist es einfach zu spät. Es ist immerhin schon nach zwölf. In Kempten. Das ist wie ein Uhr in Augsburg. Na dann gute Nacht.

Fotografischer Anfängerfehler: abgeschnittene Füße.

On Tour am 16. 11. 2006:

Die Qualität der aufgenommenen Nahrung während einer Tour, der sogenannten »Tour-Nahrung«, ist erfahrungsgemäß eher schlecht. Es gibt sogar ein Lied über das unfreiwillig häufige Essen an Autobahntankstellen, und zwar von der Kölner A-cappella-boygroup BASTA. Es mündet in den einer bekannten Abba-Melodie aufgezwungenen Refrain: »Meine Haut ist schlecht, weil ich nur noch bei Esso ess'.« Oder so ähnlich.

Zusammenhänge

Wie häufig erfahren, führen die Faktoren Autobahn, Zeitknappheit, Müdigkeit und Hunger immer wieder dazu, dass der coffee to go im Stehen (also als coffee to stand) an einer offenen Mülltonne (nicht zu verwechseln mit einer offenen Bühne) zusammen mit Fritten zu sich genommen werden muss.

Herr König isst schlecht.

Herrn König ist schlecht.

On Tour am 30.12.2006:

Ich würde so gerne mein Zimmer aufräumen.
Habe aber keine Lust. Gut, dass ich im Hotel bin.

Köln am 16.01.2007:

Der Gips ist mittlerweile einer Schiene gewichen. Die Eskalation schmerzt ein bisschen, findet aber statt. Danke für die vielen Gute-Besserungs-Wünsche.

Gips doch nicht!

Köln am 24.01.2007:

Auf dem Weg zur U-Bahn gab ich einem Obdachlosen das komplette Kleingeld aus meinem Portemonnaie. Als ich unten auf dem

Bahnsteig war, fiel mir ein: *Ich brauchte doch Kleingeld für den Fahrschein.* Ich also wieder hoch, in der Hoffnung, dass er da noch sitzt, was Gott sei Dank der Fall war. Und dann habe ich den verblüfften Mann gefragt: »Entschuldigung, ich habe Ihnen gerade ein paar Euro gegeben, bräuchte aber selber 1,30 für den Fahrschein. Könnten Sie mir die wohl wiedergeben?«

»Was willst du? Ich habe dich noch nie gesehen. Mach dass du Land gewinnst. Unverschämtheit. Einen Bettler anbetteln. So weit sind wa schon«, sagte er nicht, sondern nach einem kurzen Moment der Verdatterung: »Ja, klar, Mensch, hier: 1,30. Das ist mir auch noch nicht passiert. Gute Fahrt.«

Da war ich tatsächlich ein bisschen erleichtert. Danke.

Am Rhein am 23.02.2007:

Im Sommer, wenn ich mit dem Fahrrad oder den Inlinern am Rhein entlangdüse, dann überhole ich gerne Schiffe. Am liebsten so, dass die Schiffe, wenn ich schließlich auf der Brücke stehe, unter mir hindurchfahren und ich auf sie spuck-gucken kann. Zu Fuß, das habe ich gerade festgestellt, ist das mit dem Schiffeüberholen viel mühsamer.

Da hätte ich mich eher über einen Stuhl gefreut, der zufällig am Flussufer steht und von dem aus ich in Ruhe den Schiffen hätte winken können. Leider habe ich diesen Stuhl erst gesehen, als ich mir das Foto zu Hause genauer betrachtet habe. Schade.

P.S.: Spuck-gucken ist eine Art feuchtes Schauen.

Stuhl, Rhein und Johann bei Ebbe.

224

Zimmer frei am 21. 03. 2007:

Gestern bei der Aufzeichnung von ZIMMER FREI!: Stehe in einer Ecke im Backstage, gleich ist mein Auftritt, bin etwas nervös, lasse wohl auch deshalb noch einen fahren und denke: *Alles wird gut.*

In diesem Moment kommt ein Tontechniker auf mich zugeflitzt und sagt, er müsse noch schnell meinen Sender an der Hose überprüfen.

»Was??? Jetzt? Hose? Wieso?«

Überlege kurz, ob ich vor ihm weglaufe und in eine andere Ecke verdufte. Doch dafür ist es bereits zu spät.

Und als sich die Ecke gerade füllt mit dem Duft der großen weiten Welt, da nestelt der junge Herr gewissenhaft, tapfer und gefühlte fünf Minuten hinten an meiner Buchse herum.

Dass er anschließend mit glasigen Augen »Das nächste Mal sagen Sie aber Bescheid« sagte, habe ich wohl nur geträumt. Aber dass es mir egal sein konnte und nicht war, das stimmt.

Köln am 03. 04. 2007:

Da wird man nicht nur wach von, sondern auch besoffen. »Ingredients: Aqua, Alcohol denat., Parfum …«

Und man riecht prima aus dem Mund.[24]

Na, Lust auf eine heiße Zitrone?

[24] *Siehe Geschichte »Aufgestanden« auf Seite 15.*

Berlin am 01.07.2007:

Bin am Freitag nach dem Auftritt in den Wühlmäusen und einem Abstecher im Café Burger noch durch Mitte geschlendert, bis es hell wurde. So viele schicke Läden. Habe mich beim Blick in die hippen Schaufenster plötzlich selbst dabei ertappt, wie ich es cool fand, das alles nicht zu mögen. Dabei stimmt das gar nicht.

Es war aber auch schon spät. Det is Bälien.

Köln am 06.09.2007:

Zu weit weg vom Empfangsgerät? Gerade im Radio: Pavarotti ist groß, die Trauer ist tot. Versteh ich nicht.

Köln am 01.01.2008:

Johann lässt sich »zwischen den Jahren« gerne ein bisschen gehen (er rasiert sich nicht). Das tut aber der feierlichen Grundstimmung im weihnachtlichen Wohnzimmer keinen Abbruch.

Hier das erste Gedicht des neuen Jahres:

(Ohne Titel)

Das Jahr ist nun gewesen, die Tiere sind im Bauch,
die Messe ist gelesen, und die Leviten auch.
Das Blei, es ist vergossen, Konfetti im Gesicht,
Raketen sind erloschen, der Schmerz im Kopf noch nicht.

Wünsche euch viel Spaß und Liebe,
Euer Kasper

*Ich lasse
mich gehen.*

Limburg am 29.01.2008:
Stadthalle Limburg, circa 19 Uhr.

Es kommt immer wieder vor, dass ich ein gutes Stündchen vor dem Auftritt in den Spiegel gucke und denke, eine ordentliche Haarwäsche würde der Gesamtoptik guttun. Oft quetsche ich dann meinen Kopf zwischen Wasserhahn und Abfluss in das Keramikbecken und vollführe mit meinem Lieblingsshampoo eine rasche Kopfreinigung in bandscheibenvorfallfördernder Körperhaltung, um anschließend zufrieden festzustellen: *Ja, das hat sich gelohnt.*

Wenn ich aber voller Entsetzen merke, dass ich das mit dem schrecklichen Wort »Lieblingsshampoo« beschriebene Haarwaschmittelfläschchen nicht dabeihabe, dann muss ich abwägen: Ist die Notwendigkeit einer frischen Frisur größer oder das Unbehagen, das mich befällt, wenn ich mir mit der Handseife die Rübe einschäume. Und zwar mit jener rötlichen Flüssigseife, die vermutlich in allen Gaststätten-, Stadthallen- und Bahnhofstoiletten der Republik neben dem Waschbecken hängt und ausschließlich für die zügige Handreinigung konzipiert wurde. Oft siegt die Einsicht in die Notwendigkeit, und das eh schon unwürdige Schauspiel wird durch das Benutzen des Seifenspenders noch unwürdiger.

Bin aber froh und dankbar, dass ich die Kopfhaarpflege noch nie mit Hilfe einer dieser Hartseifespender durchführen musste, wie man sie aus den alten Regionalzügen kennt.

Praktischerweise nur von einem Wändchen getrennt: Catering-Bereich und Nasszelle.

Bremen am 10. 02. 2008:

Bremen, Pier 2, hinterer Oberrang, circa 23 Uhr.

Nach dem Auftritt im riesigen Pier 2 habe ich mich mal auf den hintersten Rang gesetzt und den Jungs beim Abbauen zugeschaut. Solche Plastikschalensitze kenne ich eigentlich nur aus Fußballstadien. Und jetzt sitzen hier Leute und gucken mir mit dem Fernglas bei der Arbeit zu.

Wahnsinn! Was mal als feine Kleinkunstveranstaltung begann, ist jetzt tribünenumrahmtes Massen-Entertainment geworden. Ich sitze da und bekomme einen Moralischen. Will plötzlich zurück ins Wohnzimmertheater. Mit seinen sechzig roten Plüschsesseln. Sechzig Sitze, das ist hier eine Reihe. Nach den Auftritten konnte man stundenlang mit der Bedienung Kölsch trinken. Und nun sitze ich alleine mit einem Plastikbecher auf einem Plastiksitz und werde nicht beachtet. Da haben wir's: Erfolg macht einsam.

Würde selber gerne mal einen Auftritt von sich sehen: Johann König.

Offenbach am 21. 02. 2008:

Im schönen Offenbach (lustig) am Nachmittag ein bisschen am Main entlanggelaufen. Leider wurde die Promenade an einer Stelle von einer großen Asphaltfläche für Autos am Schönsein gehindert. Wenn man das denn so sagen kann.

Kurz vor der Auslösung des Selbstauslösers hat dann irgend so ein Vollidiot seinen blöden, gelben Anhänger ins Bild geschoben mit der Aufschrift: »Auch in meinem Hause vertraue ich auf walldry. Mauertrockenlegung seit 1987.« Daneben ein Bild von Jürgen Fliege. Jürgen Fliege? Der hat doch früher auf Gott vertraut, oder? Und jetzt vertraut er einem Mauertrockenleger aus »Owebach«? Wenn das Gott mitkriegt. Gott hat Jürgen Fliege immer vertraut. Und jetzt ist dem eine trockene Mauer wichtiger. Das würde ich mir nicht gefallen lassen. Wahrscheinlich wird Gott bald die ganze Erde trockenlegen, nur weil Jürgen Fliege seinen Glauben an diese Firma verkauft hat. Na herzlichen Dank, Maingott!

Johann und der Maingott.

Gießen am 22.02.2008:

Kleine Mühlgasse, Gießen City.

Gießen hat wunderschöne Ecken. Und diese hier.

Gießen City, 15 Uhr.

Köln am 06.03.2008:

»Low Budget«, Köln, Aachener Straße.

Johann einmal anders.

Leipzig am 03.04.2008:

Leipzig, Georg-Schumann-Straße.

Wollte mir in Leipzig schnell noch einen hinter die Binde kippen. Empfohlen wurde mir die Wirtschaft »Zum fröhlichen Zecher«. Die sah aber ganz und gar nicht mehr fröhlich aus. Wahrscheinlich zu viele Zechpreller.

»Zum fröhlichen Zecher« heißt jetzt
»geschlossen und zuplakatiert«.

Dresden am 04.04.2008:

Neben der drohenden Streichung des Dresdener Elbtals von der Liste der Weltkulturerbsen oder -erben fanden Biologen bald ein weiteres Argument gegen den Bau der Waldschlösschenbrücke, nämlich die »Kleine Hufeisennase«, eine winzige, vom Aussterben bedrohte Fledermaus mit einem hufeisenförmigen Hautlappen auf dem Zinken, die im Falle des Baus wohl unter der Brücke schlafen müsste, was der feinen Dame aber nach Angaben der Tierschützer nicht zugemutet werden kann.

Der große Bruder der Kleinen: Die Große Hufeisennase

Als sich die Tierfreunde dann aufmachten, um lebende Beweise für das Vorkommen dieser seltenen Art im Elbtal zu finden, fanden sie leider keine – es war die falsche Jahreszeit. Dafür entdeckten sie aber einen genauso seltenen und vom Aussterben bedrohten Käfer, der übergroß in der Zeitung abgebildet war. Der sächselnde Taxifahrer, der mir das alles erzählte, sagte dann abschließend über diesen Käfer: »Dör sah wörglich gruselig aus. Ganz ehrlich, wenn dör in meine Dusche grabbeln däde, isch wörd ne dotdrede.«

Ich stellte mir vor, wie der letzte, lebende Käfer dieser Art nach dem Bau der Waldschlösschenbrücke unter dramatischen Umständen flüchtet und in der Dusche des Taxifahrers landet, um dann eines Morgens mit einem knackigen Knirschen zerdrückt und wortlos in den Abfluss gespült zu werden.

Nicht schön. Liebe Dresdner: Baut die Brücke doch unter der Elbe durch. Danke.

Pirmasens am 11. 04. 2008:
Wenn man in die Suchmaschine »Pleitestadt« eingibt, so stößt man als Erstes auf einen Artikel der Süddeutschen Zeitung, der Pirmasens als Pleitestadt Nummer 1 beschreibt. Bei unserem dortigen Gastspiel gestern konnte ich mir daher folgenden Reim nicht verkneifen:

Ich bin der Jens aus Pirmasens,
und mich bedroht die Insolvens.

Nichts für ungut, Euer Johann

Nach der Aufzeichnung zu »Inas Nacht« am 28. 04. 2008:
Die neueren Hotels lassen sich schon was einfallen, um ihren Gästen zu imponieren. Hier ist es ein Fernseher in der Zwischentür zwischen Wohn- und Schlafbereich. Abgefahren.

Johann mit Elbsegler hätte »200 Euro sicher«.

Nach der Ausstrahlung von »Inas Nacht« am 16.05.08:

Und das Phantastische ist: Man kann das Gerät sogar drehen, damit man auch vom Bett aus schauen und anrufen kann. Doll, diese Hamburger Innenarchitekten.

Wie so oft die Frage: »Wer verarscht hier eigentlich wen?«

15. Kapitel

Tour-Tagebuch mit Königsfotografien, Teil II (2008–2010)

Als Komödiant fühle ich mich oft auf den Humor reduziert. Und zwar auf den Humor des Publikums. Das ist nicht nett. Von mir.

Wenn ich auf Tour bin, dann kommt es oft vor, dass ich derartige Gedanken kriege wie den obigen. Einfach so beim Aus-dem-Tourbus-Fenster-Gucken. Das ist oftmals sehr schön. Dann schreibe ich die Gedanken auf, um sie am nächsten Tag mit dem nötigen Abstand auf ihre Bühnen- und Buchtauglichkeit hin zu überprüfen. So viel zu meiner beliebtesten Arbeitsweise. Um allerdings das Tourleben selbst zu erfassen in seiner ganzen Wahnsinnig- und Trostlosigkeit, dafür sind Fotografien häufig aussagekräftiger als Worte. Und so gibt es hier viele Eindrücke aus dem Touralltag, größtenteils mit dem Selbstauslöser geschossen.

Die Zeit in der Garderobe ist immer eine sehr intensive. Es gilt, sich auf die bevorstehende Unterhaltungsshow einzustimmen und besonders darum, sich immer wieder die eigene Rolle in dieser Show klarzumachen.

Fotografische Unverhältnismäßig-keiten.

Die Stimmung in der Garderobe ist stark abhängig von ihrer Erscheinung: von ihrer Größe, Farbe, Helligkeit und von der Stromanschluss-, Waschbecken- und Toilettenvorhandenheit. Hier ein paar Eindrücke.

In den Pausen ist unser sonst so lustiger und geselliger Johann immer sehr allein und ernst. Da ist es ihm manchmal ganz recht, wenn jemand da ist, der ihn mit dem Selbstauslöser fotografiert. Selbst dann, wenn er es selbst ist.

Garderobencharme in Ost-Berlin.

Nüchternes Ambiente, erotische Phantasien.

Es gibt eine Frau, die reist mir hinterher. Die sitzt in fast jeder Vorstellung und guckt immer so. So … keine Ahnung. Ich habe irgendwie Angst vor der. Ich weiß auch nicht, die sitzt immer da und guckt so. Von der fühle ich mich total beobachtet. Und ich habe immer mehr Angst vor der. Obwohl ich noch nie mit der gesprochen habe, habe ich immer mehr Angst vor der. Ich habe ständig Angst, dass die mir irgendwann in meiner Garderobe auflauert, mit einem Messer dasteht, mich fesselt, auf meinem Stuhl, und mich dann kurz vor der Vorstellung einfach nur benutzt. Da hab ich voll Angst vor. Einmal habe ich geträumt, dass die mich stundenlang einfach nur benutzt. Und dann bin ich schweißgebadet wach geworden. Da hab ich mich total geärgert, dass ich wach geworden bin. Hab dann überlegt, wie ich da wieder reinkomme. In den Traum. Hat aber nicht hingehaun.

Die schrill-bunten Bühnenklamotten des Protagonisten entfalten ihre volle farbliche Wirkung erst nach der Drapierung vor einer violett geteppichten Wand.

Farbenpracht um zwanzig vor acht.

So wie hier, in der auf den ersten Blick puffig wirkenden Garderobe der Auricher Stadthalle.

Puffiges Ambiente, phantasieloser Künstler.

Küsst du heute meine Lippe, hast du morgen Schweinegrippe.
So sieht Johann König in Wirklichkeit aus.
Welches Hemdl hätten s' denn gern?
Umkleide der Mehrzweckhalle Hückeswagen

So sieht das aus, wenn man sich nicht impfen lässt.

Manche Künstlergarderoben sehen gar nicht aus wie Künstlergarderoben, sondern eher wie zufällig bestuhlte Ecken in bunt plakatierten Gewölbekellern. So wie hier, in den Katakomben des Zentralgasthofes in Weinböhla, Sachsen.

Gemütliches Abendessen.

Noch drei Minuten bis zur letzten Vorstellung von »Johann König eskaliert«.

Das Chaos in dem »Garderobe« genannten Kabuff kompensiert die innere Aufgeräumtheit des Humoristen nur unzureichend.

Wenn man sich selbst ohne mit der Wimper zu zucken so fotografieren kann, dass es den Anschein hat, als käme eine prachtvolle, rosafarbene Lotusblüte direkt aus dem eigenen Hinterkopf gewachsen, dann hat man es aber ganz weit nach vorn geschafft in der aberwitzigen Welt der Trickfotografie.

(Oder man hat einfach nur sehr viel Zeit bis zum Auftritt.)

Trickfotograf König bei der Arbeit.

Als der Programmtitel »Total Bock auf Remmi Demmi« mit dem ursprünglichen Untertitel »Herr König schießt den Vogel ab« feststand, galt es, mögliche Plakatmotive zu überlegen und Probebilder zu schießen. Kurzerhand nahm Herr König das Schießgewehr von der Wand, das Ferkelchen vom Schrank und den Hut vom Haken, drapierte alles auf dem roten Sofa, stellte die Kamera auf den Zehn-Sekunden-Selbstauslöser und posierte wieder und wieder mit verschiedenen Haltungen, Gesichtsausdrücken und Oberhemden für den ultimativen Superschuss.

Heraus kamen diese sechzehn Versuche, mit Jagdutensilien und Jägerattitüden das eigene Programm zu persiflieren und zu ironisieren, ja sogar zu konterkarieren.

Weidmanns Heil!

Spaß auf Tour

Habe erst aus lauter Langeweile lustige Ladennamen zusammen-
gebastelt. Dann die Idee als zu pubertär verworfen. Und schließlich doch gemacht, um das textlastige Buch zu entlasten und auf-
zulockern.

Eine Anmerkung noch zum ersten Foto: Ich will wirklich nicht
behaupten, dass es zu Emden passt, aber als ich Möbel Elend gesehen habe, dachte ich, hier kann und muss man gar nichts mehr
verändern.

Original

Ein Buchstabe dazu.

Ein Buchstabe weg.

Komplette Collage

Endlich mal gemeinsam auf einem Bild:

1. Die beiden besten Komiker der Welt!

2. Die beiden nettesten Veranstalter der Welt!

3. Die beiden größenmäßig unterschiedlichsten Schweißflecken der Welt!

Der eine volksnah im T-Shirt,
der andere abgehoben im blauen Anzug.

Gerd & Iris Reiche in Herford.
Ein Paar wie ein Bilderbuch.
Aber mit viel Text.

Der linke Schweißfleck ist immer um ein Vielfaches größer als der rechte.
Hinweis auf ein emotionales Ungleichgewicht, das körperlich bedingt ist
(das ist das Gegenteil von psycho-somatisch).

Wenn man nach der Show von einer leicht angesäuselten Frau auf der Bühne besucht wird und ohne Pause irgendetwas erzählt bekommt, kann es helfen, wenn man sehr konzentriert ganz woanders hinguckt und gar nicht mehr auf sie reagiert. Wie gesagt: Es kann helfen.

Ungebetener Besuch nach einer Lesung.

Für Ratefüchse: Wo ist der Witz?

Hund an der Leine (in Hannover-Herrenhausen)

In Berlin-Kreuzberg hat Johann König, mein Namensvetter aus Köln, eine kleine, feine Galerie. Am Tag der Galerien suchte ich diese auf, um ihm einmal Hallo zu sagen und ihn zu zwingen, mir seine Homepage johannkoenig.de gegen Geld freiwillig zu schenken.

Damit hatte ich keinen Erfolg, was mich sehr wurmte.

Im weiteren Gespräch erzählte er mir, dass er vor ein paar Jahren, und zwar am Tag meines Auftritts in der Harald Schmidt Show, zahlreiche beglückwünschende Anrufe von Freunden bekommen hatte, die so etwas sagten wie: »Cool, hab ich in der Zeitung gelesen, du bist bei Harald Schmidt heute, super, geht aufwärts, was?« und er folglich den ganzen Tag damit beschäftigt war, die Verwechslung aufzuklären.

»Oh, das tut mir leid«, log ich da.

Herr König bei Herrn König.

Dialog mit einem guten Kollegen aus Dräsdn während der STADT Rund SHOW:

»Sag mal, könntest du … ich mein, würd es dir was ausmachen, ein bisschen länger aufzutreten, also sagen wir mal dreißig statt zwanzig Minuten, für das gleiche Geld natürlich, dafür zahlen wir später auch sechzig Prozent deiner Getränke, statt wie abgemacht fünfundvierzig. Und noch 'ne Bitte, wäre schön, wenn du vor deinem Auftritt nicht ganz so tief ins Glas gucken würdest, ja, wegen der Vorbildfunktion, wir sind schließlich schon auf der Bühne, und auch wegen der Verständlichkeit, wär echt super toll …«

Herr Schubert und Herr König unter sich.

War nach der Show noch zur After-Show-Party im hoteleigenen Jever Show Room. Kam aber leider nicht rein. Und direkt vor dem Raum war es dermaßen langweilig, dass ich recht bald ins Bett gegangen bin. Hatte es ja nicht weit.

Kontrast extrem: Links ein Humorist,
rechts ein Bettwäschewagen.

Und genau wie dieser trostlose Feierabend des braun bemützten Alleinunterhalters links unten, so endet also auch dieses Buch mit einem letzten Triumph der Langeweile.

Vielen Dank fürs Lesen,

Euer Johann

Danksagung

Ich danke

dem Fischer Verlag für die richtige Entscheidung, mich zu verlegen, für die phantastische Zusammenarbeit in allen Bereichen, für den permanent ausgeübten Druck, den ich zum Schreiben brauche, und für die in diesem Zusammenhang notwendigen und hoffentlich nicht nur taktisch motivierten elektropostalischen Belobigungen und Aufmunterungen.

Ich danke

meiner Agentur HPR, allen voran Jürgen Hepp für die feinfühlige Einfädelung der oben genannten Zusammenarbeit und für die anschließenden knallharten Verhandlungen, die – wie mir gerade zu Ohren kam – dazu geführt haben, dass der Autor von jedem verkauften Exemplar einen stattlichen Anteil bekommt.

Ich danke

ganz besonders Sascha Bretz für die inhaltliche, koordinatorische und menschliche Zusammenführung all der Dinge, die nötig waren, um das vorliegende Ergebnis fachgerecht zu Ende zu führen. Immer da, immer anspielbereit, oft hinten zu finden, aber auch mal mit nach vorne preschend, mit einem ungeheuren Humorverständnis: Sascha Bretz, der Libero dieses Buches.

Ich danke

Nicola Einsle, die es geschafft hat, den unüberschaubaren Wust an Texten, Ideen und Fragmenten mit einer kühnen Mischung aus Sachverstand und Herzblut in eine Ordnung zu bringen und so das ganze Buch in geordnete Bahnen gelenkt hat, die mich angetrieben und getriezt hat, die mir mit der Peitsche in der Hand Honig um den Verstand geschmiert hat.

Ich danke
dem Fotografen Boris Breuer – und dem ausgesuchten Model –
für das Coverfoto.

Ich danke
meinem Selbstauslöser für die vielen, gerade durch ihre Selbst-
ausgelöstheit wie gestellte Schnappschüsse wirkenden Fotos am
Ende des Buches.

Und ich danke
meiner Familie. Und zwar für alles, das hier keinen Platz findet.
Und natürlich für die andauernden Stimulationen meiner kreati-
ven Zonen.
Danke.

Bildnachweis